KB218750

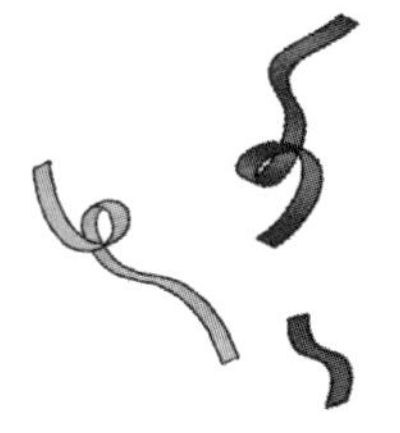

문학동네

차례

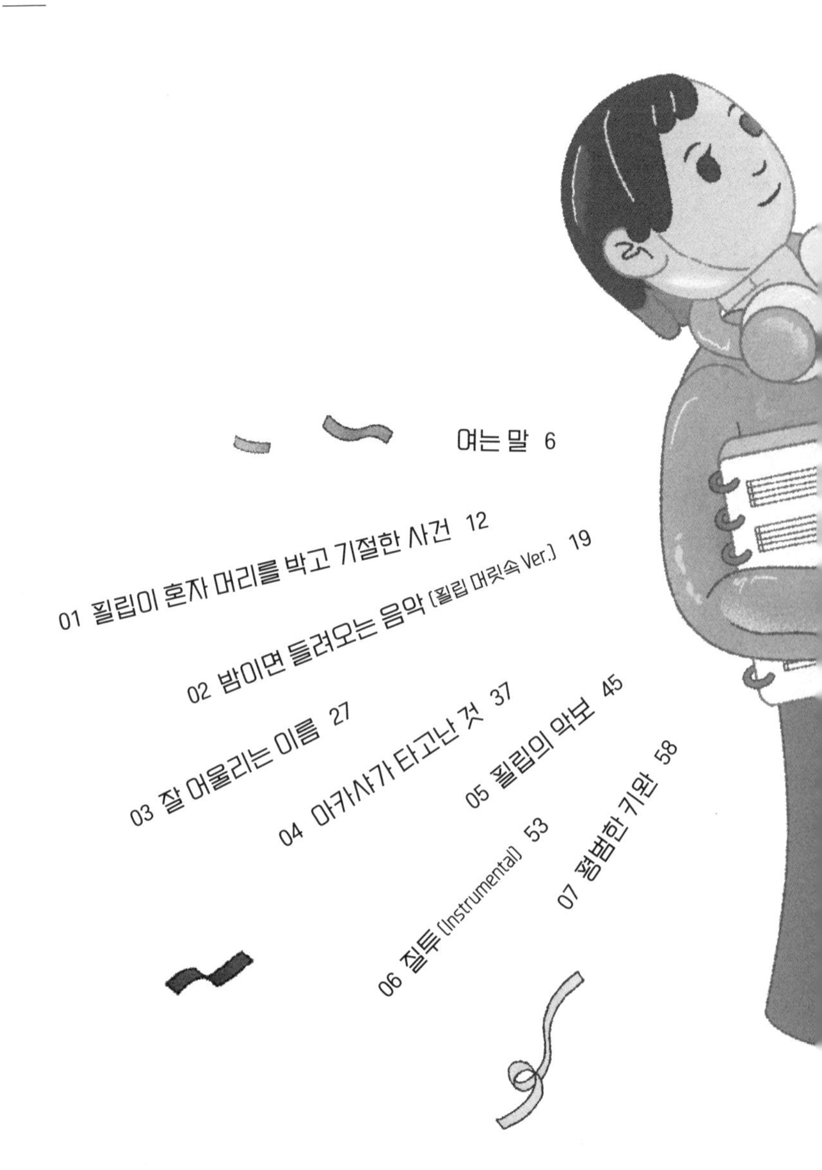

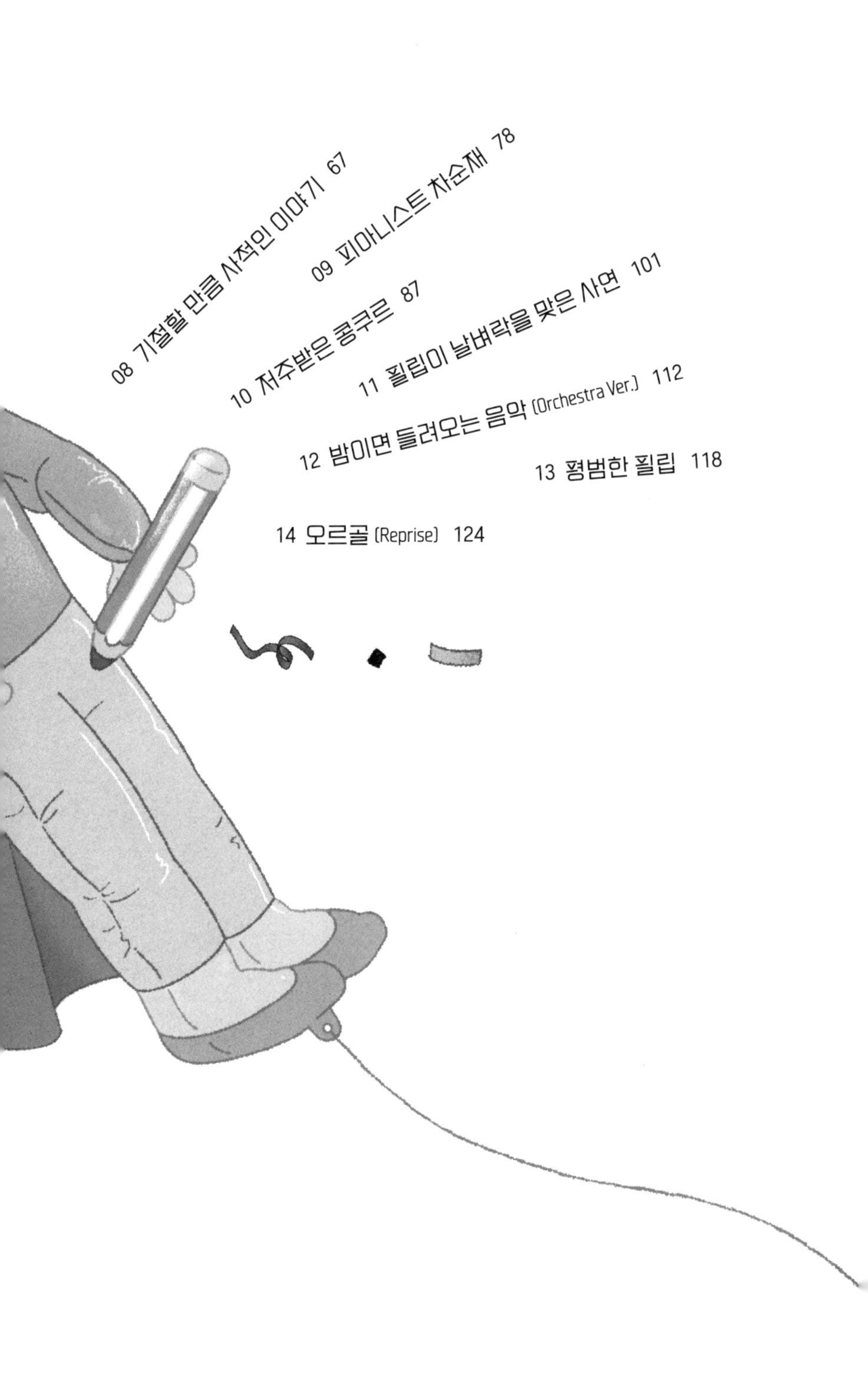

여는 말

내가 『순재와 키완』을 출간한 지 일 년이 채 안 되었을 무렵의 일이다. 나는 '잘 지내셨습니까?'라는 제목이 붙은 이메일 한 통을 받았다. 발신인은 키완 바익 박사였다.

나는 놀라 자빠질 뻔했다. 그를 마지막으로 본 기억이 까마득했다. 이제 뉴스에서나 볼 수 있는 사람이 아니었던가? 난데없이 연락한 이유가 무얼까 궁금했고, 찔리는 구석이 있었다. 내가 그의 이야기를 『순재와 키완』이라는 책으로 낸 참이었다. 그같이 바쁜 사람이 이걸 읽을 리 없다고 자신하면서.

하지만 키완은 읽었다. 길고 긴 이메일의 첫인사가 그랬다. 잘 읽었다고. 그 옛날 일을 능구렁이처럼 고대로 쓴 것을 보고 혀를 내둘렀다고 했다.

그렇다……. 여러분에게 『순재와 키완』의 비밀을 털어놓을 때가 왔다. 『순재와 키완』에서 아홉 살에 죽을 운명이었던 순재가 살아난 그 사건은, 사실 몇십 년 전에 실제로 있었던 일이다. 나는 웬만하면 책에 등장하는 친구들 몰래 책을 쓰고 싶었고, 그러려면 이야기를 아주 오래 주머니에 꿍쳐 두어야 했다. 내 검은 머리가 희끗희끗 세도록 기다리다가…… 짜잔, 하고 내놓은 것이 『순재와 키완』이다.

여러분은 당연히 『순재와 키완』을 꾸며 낸 이야기라고 믿었을 테지? 그 책은 아무래도 허무맹랑하기 짝이 없었다. 키완 바익이라는 나이 든 박사가 어린 시절에 죽은 친구, 순재를 죽음에서 구하기 위해 과거로 안드로이드를 파견해 어쩌고저쩌고하는 이야기였으니까.

안드로이드의 이름은 홍필립이었다. 키완 바익 박사보다 자길 잘 돌봐 준 연구소 부책임자의 성을 따랐고, 미래에서 가장 유행하는 이름을 스스로에게 붙였다. 박사가 준 순재라는 이름 대신…….

이름뿐이랴. 이 안드로이드, 너무 잘 만든 탓인지 입력한 명령대로 움직이지 않고 본인만의 의지가 있었다. 과거로 간 홍필립은 순재를 구하기보다 어린 키완을 설득하려 들었다. 순재를 죽게 두라고. 그래야만 훗날, 키완이 불세출의 업적 홍필립을 만들 수 있다고.

어린 키완은 거부했다. 결국 죽음 앞에서 순재를 구하기 위해 몸을 날린 건 홍필립이 아닌 키완이었다.

이 사건으로 미래는 온통 뒤바뀌었다. 죽을 예정이었던 순재가 살아남았고, 그 즉시 필립의 존재는 역사에서 지워졌으며, 바뀐 미래의 노박사는 어린 순재에게 선물로 오르골을 보내왔다. 이번에는 그가 사람을 닮은 안드로이드를 만들지 않았다는 뜻이었다.

성장한 키완은 로봇 공학이 아닌 다른 분야의 박사가 되었다. 저명한 인사지만, 여러분이 들어 봤을 확률은 낮다. 그래서 내가 『순재와 키완』에서 둘의 이름을 맘 편하게 썼다.

이제, 여기서부터가 박사가 나에게 쓴 이메일의 골자다.

어른이 된 박사는 홍필립과 이름만 같은 평범한 인간 '필립'을 만났다. 미래에서 과거로 온 안드로이드만큼은 아니지만 이쪽 필립도 제법 기이한 일을 겪었다고, 내가 이 이야기를 알고 싶어 할 것 같다고 했다. 그러면서 그간 벌어진 일을 자기 근황보다 더 길게 적고는, 이메일 끄트머리에 웬 인터넷 링크와 비밀번호를 남겼다.

키완 바익 박사의 전용 클라우드로 보이는 그 저장소에는 순재와 키완이 주고받은 이메일들, 키완의 연구 기록, 평범한 '필립'의 일기, 기사 스크랩 모음 등으로 가득했다. 화면을 빽빽하게 채운 자료들을 멍하니 바라보다가 곧 키완이 무엇을 원하는지 깨달았다.

이건…… 쓰라는 얘기 맞지? 『순재와 키완』의 다음 편을 써 달라는 뜻이잖아? 키완이 마음을 바꾸기 전에 얼른 '여는 말'을 쓴다.

『순재와 평범한 필립』을 시작하기 전에 한 가지 일러둔다. 이 책의 주인공은 순재가 아닌 평범한 필립이다. 『순재와 키완』을 읽지 않았거나 내용이 기억나지 않는다 해도 걱정할 필요 없다는 뜻이다.

여러분은 제목을 보고 이게 그 책의 속편이겠거니 했을 것이다. 물론, 『순.평.필』은 『순재와 키완』 이후 순재와 키완이 어떻게 되었는지에 대한 이야기이기도 하다.

01 필립이 혼자 머리를 박고 기절한 사건

𝄞

새로운 주인공 필립의 모습을 머릿속에 그려 보자. 그녀는 아주 먼 곳이란 뜻인 '이역만리' 사람이다. 이역만리에는 원주민과 세계 곳곳에서 온 이민자들이 함께 살고 있고, 필립으로 말할 것 같으면 태어나기로는 태국에서 났고 아버지는 홍콩 화교이며 어머니는 한국과 캄보디아 혈통이다. 필립의 가족은 필립이 초등학생 때 이역만리에 왔다.

이역만리 사람이라고만 하면 될 것을 무엇 하러 길게 설명하느냐면 그래야 필립이 어려서부터 6개 국어를 번갈아 쓰는 상황에 익숙했고 진짜 이름이 따로 있다는 얘기로 넘어갈 수 있기 때문이다. 한 손으로 꼽을 수도 없는 수의 언어를 구사했지만(이역어, 태국어, 광둥어, 한국어, 조주어, 캄보디아어) 필립은 천재가 아니었다. 공부를 특출하게 잘한 적도 없었고 언어 능력은 더 많은 TV 프로그램을 자막 없이 보는 데나 도움이 됐다.

평범한 대학생인 그녀는 작은 키에 보동보동한 체격, 사람 좋아 보이는 둥그런 얼굴을 가졌다. 검은 단발 머리의 아래쪽 반은 회녹색으로 염색했다. 여느 태국 아이들처럼 필립의 진짜 이름은 훨씬 더 길었고, 긴 이름 대신 불릴 짧은 별명, 즉 '츠렌'이 있었다. 필리브, 혹은 필립(Pilib)이라는 츠렌은 어머니가 지어 주었다.

어느 날 저녁에 필립은 유명 오케스트라의 연주회를 보러 갔다. 클래식 음악과 절친해서가 아니라, 절친한 친구 나예가 같이 가자고 꼬드겨서였다. 원래 나예는 제 동생과 가려 했는데, 첼로 신동인 그 동생이 마침 오디션을 보러 해외에 나갔다고 했다. 덕분에 남는 시간 많은 필립이 남는 표를 거저먹었다.

높고 구불구불한 천장 아래에서 낯선 음악에 둘러싸이는 경험은 생각보다 나쁘지 않았다. 필립은 호기심 어린 눈으로 지휘자와 오케스트라를 연신 번갈아 보았다. 어두컴컴한 객석에는 묵직한 침묵이 내려앉았고 악기들은 한데 어우러져 하나의 곡조를 무대 밖으로 뿜어냈다. 어어, 이거 좋은데? 속으로 중얼거리며 필립은 잠에 빠져들었다.

그리고 얼마 후, 앙코르를 청하는 뜨거운 박수 소리에 화들짝 정신을 차렸다.

"잘 잤어?"

옆에 앉은 나예가 싱글싱글 웃고 있었다.

필립은 멋쩍어하며 한 손으로 입가를 쓸었다.

오케스트라도 관객도 출출해할 시간이었다. 필립은 나예가 공연을 보여 주었으니 야식을 사겠다고 말했다. 나예는 박수 치던 손을 멈추고 손가락으로 휙휙 휘파람을 불었다. 약속이 지켜지지 못한 채 그날 밤이 지날 줄은 아무도 예상하지 못했다.

나예는 지휘자와 제일 가까이 앉은 첼로 연주자를 가리키며 그에게 잠깐 인사하고 가도 되겠느냐고 물었다. 동생을 가르쳤던 선생님이자 나예와도 잘 아는 사람으로, 그를 위해 꽃을 사 왔다고 했다. 이 뒤에 바로 필립의 사고가 이어졌다.

상황은 이랬다. 먼저, 둘은 함께 대기실로 향하고 있었다. 그러다가 나예가 화장실에 들렀고, 몽롱한 기분으로 꽃을 대신 들고 서 있던 필립은 복도 저편에서 우르르 밀려오는 인파에 당황하고 말았다. 길을 비켜 줄 심산으로 허둥지둥 모퉁이를 돈 순간, 그녀는 머리를 박았다. 콘트라베이스의 거대하고 단단한 항공 운송용 보관함에, 쾅 소리가 나도록 세게. 그리고 정신을 잃었다.

다행히 필립은 조금 있다 눈을 떴다. 쾅 소리를 듣고 주위로 몰려든 사람들이 필립을 걱정스럽게 내려다보고 있었다. 그녀의 눈빛에 혼란이 서렸다.

"나 방금…… 기절한 거야? 아까는 서 있었는데…… 갑자기 여기 누워 있…….”

횡설수설하던 필립이 별안간 창백한 얼굴로 욱, 하고 입을 틀어막았다.

나예는 필립을 태우고 병원 응급실로 차를 몰았다. 몇 시간 후, 가벼운 뇌진탕이라는 검사 결과에 두 사람 다 가슴을 쓸어내렸다.

“일단 오늘 밤은 집에 가서 안정을 취하세요. 아직도 머리가 어지럽거나 속이 메스꺼우면 약을 처방해 드리겠습니다.”

의사가 말했다.

“아뇨, 괜찮을 것 같아요.”

필립은 정말로 자신이 괜찮다고 생각했다. 한숨 자고 날이 바뀌면 ‘필립이 혼자 머리를 박고 기절한 사건’을 두고 나예와 백 가지 농담을 주고받을 것이고, 삶은 잠들기 전에 놓여 있던 곳에서 그대로 이어질 것이라고.

하지만 여러분은 얘기가 어디로 흐를지 짐작하겠지. 이 작은 사고는 필립의 삶을 엉뚱한 방향으로 틀어 순재와 키완 앞으로 데려간다.

혼란한 하루 끝에 필립은 셰어 하우스로 돌아와 잠자리에 들었다. 올려다본 방 천장에 낯선 구석은 조금도 없었고, 이불의 푸근한 감촉도 어제와 같았다. 필립은 깍지 낀 손을 배 위에 올리고 그날 하루를 곱씹다가 스르르 눈을 감았다. 사방이 잠잠했고 필립은 홀로 누워 있었다.

하나, 둘, 셋, 넷. 누가 지휘라도 하는 것처럼 음악이 시작됐다. 필립의 머릿속에서 멋대로 관현악 연주가 흘러나왔다. 생전 없던 일이었지만, 처음 연주회를 보고 와서 맘이 들떴겠거니 필립은 짐작했다. 시작은 감미로운 노래 같더니 곧 더 많은 악기들이 합세해 세찬 강물 소리를 냈다. 그 소리가 방 안을 가득 채운 것처럼 우렁차서, 필립은 블루투스 스피커가 켜져 있다는 착각에 눈을 떴다. 하지만 방은 어둠에 싸여 있었고 음악 소리를 줄이라고 문을 두들기는 사람도 없었다.

멋진 곡이었다. 빠른 박자와 이중 삼중으로 겹치곤 하는 멜로디 때문에 듣는 순간 앞 소절이 기억에서 증발하고 다음 소절에 귀 기울여야 했지만, 이 곡을 받아 적어 판다면 큰돈을 벌겠다고 필립은 장난스레 웃으며 생각했다.

눈을 감자 머리에서 흘러나오는 음악이 피를 타고 온몸을 도는 것이 느껴졌다. 음악이 흐르고, 흐르고, 흐르더니 어느 순간부터 필립 역시 쏟아지는 음들에 잠겨 끝없이 흘러 내려갔다. 별나도록 긴 시간이 지난 후에 음악은 가장 아름답고 웅장한 화음으로 끝을 맺었고, 필립은 까무룩 깊은 잠에 빠졌다.

다음 날 낮은 놀랄 만치 평화로웠다. 필립이 학교에 가서 강의를 듣고 나니 오후 세 시쯤. 귀가하는 중에 제과점에서 퇴근한 나예에게서 문자가 왔다.

— 몸은 괜찮아?

— 응, 별문제 없어. 멀쩡해.

나예가 첫 번째 농담을 던졌다.

— 어젯밤에 네가 가족들이랑 통화하는데 의사 선생님이 엄청 걱정스럽게 쳐다보더라.

— 왜? 광둥어 썼다가 이역어 썼다가 그래서?

— 응. 심지어 네가 처음에는 뭐라고 설명해야 할지 몰라서 버벅거렸잖아. 떠듬떠듬하다가 갑자기 네 가지 언어를 마구잡이로 섞어 쓰니까 놀라더라고. 박치기 때문에 갑자기 언어 천재가 됐나 궁금해하는 표정이었어.

— 그럴 리가…….

— 손으로 널 가리키면서 '이거 평범한 상황인 거 맞죠?' 하고 눈짓하길래 아주 단호한 표정으로 말해 줬지.

— 뭐라고?

— 걔 머리가 이상해진 것 같다고.

필립은 버스 안에서 풋 웃음을 터뜨렸다.

— 아니거든!

— 그렇지. 그래서 그냥 쟤는 원래 저랬다고 했어.

— 잘했어.

이 뒤에 이어진 99가지 농담은 앞으로의 이야기와 관련이 없으니 건너뛰자. 모든 비밀스러운 일들은 달이 뜨고 땅에 어둠이 깔릴 때 일어난다.

그날 밤, 필립은 잠을 자려고 누웠다가 어제와 같은 음악에 휩쓸렸다. 연주는 아무 전조 없이 시작됐고 귀를 막아도 또렷하게 머릿속에 울렸다. 필립은 속수무책으로 누워 이 기묘한 연주회의 막이 내리길 기다려야 했다.

'설마 내일도 이러려고.'

필립은 생각했다.

다음 날 밤, 똑같은 연주회가 머릿속에서 벌어졌다. 그다음 날 밤과 그다음 날 밤에도. 필립은 자신의 선부른 판단을 후회했다. 어이쿠, 별문제가 아주 많이 있었다.

02 밤이면 들려오는 음악 (필립 머릿속 Ver.)

𝄞

5일째 되는 밤이었다. 필립은 무의식이 멋대로 흘려보내는 이 곡을 **쓰고 싶어졌다**. '한번 받아써 볼까?' 하고 장난삼아 생각했다는 게 아니다. 이 두루뭉술하고 아득한 것을 머릿속 밖으로 꺼내지 않고는 배길 수 없다는 강박에 사로잡혔다. 하지만 그건 불가능한 일이었다. 필립은 다룰 줄 아는 악기가 없었고, 악보를 쓸 줄 몰랐으며, 초등학교 음악 시간 이후로 클래식을 가까이한 적도 없었다.

'밤이면 들려오는 음악'(필립이 곧 줄여 부르길 '밤들음')은 필립의 기억에 한 번도 들어 본 적 없는 생소한 곡이었다. 하지만 정확히 연주회 날 밤부터 튀어나오기 시작했으므로, 어쩌면 그날 오케스트라가 연주한 곡일지도 모른단 생각이 머리를 스쳤다.

'잠결에 들어서 꼭 잘라치면 생각나는 건가?'

이미 실재하는 음악일 수도 있다는 가능성이 생기자 밤들음의 정체를 파헤칠 수 있을 거란 기대가 차올랐다.

필립은 벌떡 일어나 책상 앞으로 갔다. 지금까지는 밤들음이 흐르는 도중에 몸을 일으키고 귀를 막아 봐도 음악이 끊기지 않았었다. 하지만 이번에는 책상 앞에 앉아 노트북의 전원을 누르고, 쏟아지는 하얀 빛을 마주하며 '연주회 프로그램을 확인하자'고 생각하는 사이 머릿속에서 연주가 끊겨 버렸다.

선율과 리듬은 증발했지만, 음악이 시작되는 순간 가슴이 부풀고 벅차오르던 느낌만은 또렷이 남아 있었다. 필립은 재빠른 검색으로 오케스트라가 그날 연주한 교향곡의 제목을 알아냈다. 초조한 마음으로 각 악장을 틀고 귀를 기울였다. 그리고 곧바로 답을 깨달았다.

밤들음과는 완전히 다른 곡이었다. 아무리 들어도 귀에 설고 가슴이 반응하지 않았다. 필립은 어떻게 하면 좋을지 알 수 없었다. 원래 존재하는 곡일 확률은 적었다. 무의식중에라도 자신이 10분 가까이 되는 관현악곡을 외우고 있을 리는 없었으니까. 스스로 지어낸 곡조라면, 뇌에 이상이 생긴 게 분명했다. 하지만 의사를 찾아갈 생각을 하니 걱정이 앞섰다.

'무슨 음악이 들리죠? 하고 물으면 아무 말도 못 할 텐데.'

필립은 쓰러지듯 누워 베개에 얼굴을 파묻었다.

우우웅 하고 음들이 파도치는 소리를 흉내 냈다간 미친 사람처럼 보일 게 뻔했다. 이걸 고치고 싶은 게 아니라 받아쓰고 싶은 거예요! 라고 외쳐도 의사는 그녀를 고쳐 주려 갖은 노력을 다할 것이다.

의사를 찾아갈 수도, 그렇다고 음악을 받아쓸 수도 없는 밤들을 보내며 필립은 깊이 고민했다. 그런데 본디 문제라는 것은 고민할수록 번진다. 며칠 안 되어 필립의 문제도 밤의 경계를 넘어섰다.

사건 시각 오후 다섯 시 반, 밖은 아직 훤했고 주변이 쥐 죽은 듯 조용한 것도 아니었다. 필립은 식당에서 친구들과 주문한 음식을 기다리고 있었다. 누군가의 생일을 기념해 대학 친구들 열댓 명이 모인 자리였다. 옆에 앉아 있던 벤지가 갑자기 필립에게 물었다.

"너 피아노 칠 줄 알았어?"

필립은 영문을 몰라 눈썹을 장난스레 찡그리며 답했다.

"엥……? 아니?"

벤지가 필립의 손을 가리켰다.

"오, 진짜? 손 움직이는 게 배운 사람 같은데."

필립은 놀란 눈으로 테이블 위에 둥글게 말린 자신의 양손을 내려보았다. 그리고 그제야 자신이 스피커에서 흘러나오는 피아노 곡에 맞추어 손끝으로 테이블을 두드리고 있었다는 사실을 깨달았다.

"깜짝이야, 이게 뭐야!"

필립이 화들짝 손을 떼자 벤지가 소리 내어 웃었다.

"안 배웠는데 그렇게 딱딱 맞춘다고? 농담이지?"

불끈 쥔 손을 쳐든 채 필립이 거세게 부인했다.

"아냐, 진짜로. 피아노 칠 줄 몰라! 나 왜 이래?"

그에 대한 답은 4천 킬로미터 떨어진 이역 서부의 중년 부부에게서 들을 수 있었다.

"너 피아노 배웠었어, 서너 살 때."

필립의 아빠가 말했다.

"뭐어?"

필립이 노트북 화면에 얼굴을 들이밀며 외쳤다. 셰어 하우스에 돌아오자마자 혹시나 해서 건 영상 통화였다.

"너 태어날 즈음에, 솔리소 카욤보라는 피아니스트가 엄청난 클래식 붐을 일으켰거든. 엄마가 너 배 속에 있을 때 주야장천 클래식 앨범만 듣고 그랬다."

옆에 앉은 엄마가 말을 받았다.

"그러다 만 세 살쯤부터 가르쳤어."

"피아노를?"

"피아노를."

필립은 믿을 수 없다는 듯이 눈동자를 굴렸다. 입에서 터져 나오는 대로 온갖 언어를 섞어 가며 필립이 말했다.

"아니…… *아니, 근데*…… 어떻게 나는 몰랐어? ……**세상에 맙소사!** 이런 얘길 이제야 듣다니 믿기지가 않네."

그중 아빠도 알아듣는 언어를 골라 엄마가 답했다.

"꽤 소질 있어 봤는데, 흥미가 사라지니까 울며불며 치기 싫어하는 거야. 그래서 당장에 치워 버리고 너 크면서는 입에서 피아노의 피 자도 안 꺼냈지."

"근데 피아노 쳤던 게 기억났어?"

아빠가 물었다.

"아니. 기억난 건 아니고…… 잠깐만, 그럼 나 악보 그리는 법 알아?"

"나중에 학교에서 배웠으면 알겠지. 너 아기 때는 악보 보고 친 게 아니야. 건반에 붙은 스티커를 보고 손가락 위치를 외웠어."

간절한 눈빛으로 대답을 듣던 필립이 한숨을 내쉬었다. 무의식 어딘가에 악보를 그렸던 기억이 숨어 있다면 도움이 됐을 테지만, 필립이 얻은 건 15년 전 쳤던 곡을 따라 까닥거리는 손가락 열 개였다.

그날 밤도 어김없이 밤들음이 쏟아져 내렸다. 필립은 잠자코 누워서 이 음악을 어떻게 쓸 수 있을지 생각하고 또 생각했다. 비록 기억엔 없지만, 살면서 음악과 가까웠던 시절이 있었다는 사실에 그녀는 작은 희망을 느꼈다. 죽었다 깨어나도 불가능한 일과 '보통' 불가능한 일이 있다면 밤들음을 쓰는 일은 이제 후자에 속했다. 지금부터 작곡을 배우면…… 몇 년이 걸릴까? 필립은 머리맡을 더듬어 핸드폰을 집어 들었다.

학교 웹사이트에 따르면 작곡과는 3년 과정이었고, 들어가려면 오디션과 포트폴리오 심사를 받아야 했다.

'포트폴리오는 그렇다 쳐도, 웬 오디션?'

마음속 희망의 불씨를 눌러 끄며 필립이 중얼거렸다.

작곡은 그냥 대학 밖에서 알아보기로 결심하고 작곡과 사이트를 계속 구경하는데, 문득 공지 하나가 필립의 시선을 끌었다. 작곡과의 어쩌고 교수와 뇌공학 연구소의 저쩌고 박사가 자신들의 연구에 참여할 실험 참가자를 구한다는 내용이었다.

'작곡'과 '뇌'? 그야말로 운명적인 조합이었다. 필립은 제 문제를 해결할 열쇠가 이들(어쩌고 교수와 저쩌고 박사) 손에 쥐어져 있음을 직감했다.

곧바로 문의 메일을 보냈더니 그다음 주 목요일로 면담이 잡혔다. 필립은 떨리는 마음으로 음대 건물을 찾아갔다. 5층에서 북

관으로 이어지는 복도는 텅 비어 있었다. 복도 안으로 깊숙이 들어갈수록 아래층에서 학생들이 활기차게 오가는 소리가 가마득하게 멀어졌다. 필립은 그녀를 짓누르는 엄숙한 공기를 힘껏 들이마시며 교수실의 문을 열었다.

"……그렇게 해서 제가 여기 오게 된 거예요."

필립이 말했다.

이야기 내내 책상 가장자리를 훑던 그녀의 눈길이 마지못해 위를 향했다. 처음 들어왔을 때 필립은 세 사람과 인사를 나눴다. 필립과 마주 보고 앉은 사람이 연구 책임자인 함 어쩌고 교수, 책상에 손을 짚고 교수 옆에 선 사람이 대학원생, 책상 옆쪽에 걸터앉은 사람이 작곡과의 또 다른 교수였다. 그 세 사람이 뇌공학 연구소의 저쩌고 박사와 함께 하는 연구를 담당하고 있다고 했다.

세 사람 다 필립의 밤들음에 대해 곱씹는 표정이 좋지 않았고, 아니나 다를까, 대학원생이 조심스럽게 학교의 상담 서비스를 소개하기 시작했다. 필립의 가슴이 철렁 내려앉았다.

'내가 여길 왜 왔지!'

짧고 강한 충격이 가시자 이번에는 얼굴이 마구 화끈거렸다. 필립은 대학원생의 말을 듣는 둥 마는 둥 하면서, 방을 뛰쳐나가고 싶다는 충동과 맞서 싸웠다.

'하나 둘 셋 하면 뛰자! 뛸까? 뛴다고? 지금? 기다려! 안 돼!'

극심한 창피를 견디지 못하고 벌떡 자리에서 일어났을 때였다. 함 교수가 잠깐만, 하고 필립을 붙잡았다. 책상에 팔꿈치를 기대고 마주 모은 두 손을 꾹꾹 주무르면서, 교수가 말했다.

"그런데 학생 이름이 필립이라고요……."

이름, 이름. 언제나 중요한 것.

교수의 눈이 넘실거리는 흥미로 번뜩였다.

03 잘 어울리는 이름

𝄞

"내가 도와줄 수도 있을 것 같네요."

그렇게 말하며 함 교수는 필립을 복도 맞은편 방으로 데려갔다. 문패가 없어 주인을 알 수 없는 방이었다. 잠긴 문을 열고 들어서니 정면에 너저분한 책장 두 개와, 오른쪽 벽을 따라 길게 놓인 흰 책상이 보였다. 책상 한구석에는 검정 노트북과 머리에 쓰는 관처럼 생긴 낯선 장치가 놓여 있었다. 머리 뒤를 감싸는 기본 뼈대의 양쪽 끝에 여러 개의 다리가 달려 있는 형태였다.

"뇌파 측정기예요."

교수가 측정 장치를 필립의 머리에 씌워 주며 말했다.

"테스트용으로 만든 거라 완벽하진 않지만, 필립 씨가 진실을 말했는지는 알 수 있죠."

"이건…… 거짓말 탐지기인가요?"

필립이 조심스레 물었다. 양쪽 귀에서부터 해파리 다리처럼 뻗어 나간 센서들이 필립의 머리 곳곳에 닿았다. 진실을 말했는데도 괜히 긴장이 돼서 가슴이 두근거렸다.

교수가 빙긋 웃었다.

"아뇨. 간단히 말해서, 머릿속으로 생각하는 음을 컴퓨터로 옮겨 주는 장치예요. 그러니까 지금부터……."

"네?"

필립은 기절초풍해서 꽥 소리를 질렀다.

"지금 저한테 세상에서 가장 필요한 물건이네요!"

"우연히도, 그렇죠."

"말도 안 돼……."

비틀거리며 책상에 걸터앉은 필립이 중얼거렸다.

"아직 테스트 중인 기계니까 큰 기대는 갖지 말고요. 일단은 밤에 들린다는 그 악곡을 떠올려 봐요."

"하지만…… 전 아주 처음 부분밖에는, 음, 그러니까…… 따라라라다다다…… 대충 이런 리듬으로 시작한다는 것밖에 기억하지 못하는데요. 그것도 정확한 건 아니라……."

재빠른 손놀림으로 프로그램 세팅을 마친 교수가 필립을 향해 고개를 돌렸다.

"잠자기 직전과 똑같은 상태면 어떨까요."

"어…… 무슨 뜻이죠?"

교수는 잠깐 고민하더니 이렇게 답했다.

"아까 이야기를 들어 보니 온전히 내면에 집중할 수 있는 상태가 되어야 하는 것 같은데. 자기 전처럼 눈을 감고 머리를 비워 보세요."

필립은 책상 위에 올라앉아 벽에 등을 기댔다. 눈을 감으니 방 안의 침묵이 살갗에 닿는 듯했다.

매일 밤마다 같은 곡을 들었으니 이제는 기억에도 좀 남지 않았을까, 필립은 생각했다. 기분상으로는 처음 몇 음만 제대로 기억해 낸다면 전곡을 통째로 끌어낼 수도 있을 것 같았다. 첫 음의 실마리가 의식의 수면 위로 모습을 드러낼 듯 말 듯 했다. 필립은 그것을 휘어잡으려고 연신 헛손질을 하다가, 결국 진이 빠져서 생각하기를 멈췄다.

음악은 바로 그때 쏟아져 들어왔다.

하나, 둘, 셋, 넷.

콰앙!

머릿속이 울렸다. 수백 개의 음이 뒤엉켜 내는 불협화음에 필립은 깜짝 놀라 기대고 있던 벽에서 튀어 올랐다. 그런데, 생각해 보니 그건 머릿속이 아니라 옆에서 들려온 소리였다.

필립은 눈을 떴다. 교수가 컴퓨터의 에러 화면을 무심하게 바라보고 있었다.

“고장 났네요.”

“네?!”

“약속을 다시 잡죠. 학교 이메일로 연락을 줄게요.”

“네? 아 근데, 저거…… 고장 난 건 괜찮나요?”

필립은 교수를 따라 허둥지둥 방을 나섰다.

“바익 박사님이 출장에서 돌아오면 살펴봐 주실 거예요. 테스트 기계였으니까 필립 씨는 걱정 말아요.”

복도에서 악수를 건네며 교수가 말했다.

“필립……. 잘 어울리는 이름이에요.”

“감사합……니다?”

필립은 얼떨떨하게 웃으며 교수의 손을 맞잡았다.

필립의 이름에 이상할 정도로 관심을 보이긴 했지만, 나른한 눈매의 교수는 자상하고 점잖은 사람이었다. 그날 밤, 밤들음 속에 빠져 흘러가면서 필립은 행복한 나머지 소리 내어 웃었다. 그러니까, 필립의 예감이 맞았던 것이다. 필립을 도와줄 수 있는 사람이 있다면 그건 바로 함 교수와 바익 박사였다.

곧 쓸 수 있겠구나, 필립은 생각했다. 써서 밖으로 내보내는 거야, 마침내.

다음 날 저녁에 교수가 보내온 이메일에는 박사도 필립을 만나고 싶어 한다고 쓰여 있었다. 곤경에 빠진 학생을 돕는 데 이렇게나 열심이라니! 필립은 적잖이 감동했다. 그러면서 박사를 교수처럼 온화—한 사람으로 상상하고 말았는데, 그것은 아무래도 필립의 실수였다. 온화한 박사의 이미지는 그를 실제로 마주하는 순간 와르르 무너졌다.

박사를 처음 만난 건 학교 근처 카페에서였다. 필립은 약속 시간에 딱 맞추어 도착했다. 교수와 함께 테라스 자리에 앉아 있던 박사는 필립이 다가오자 일어서서 악수를 청했다.

"키완 바익입니다."

필립은 안녕하세요, 하고 중얼거리며 그가 내민 손을 어색하게 맞잡았다 놓았다.

박사는 교수보다 서너 살 아래인 40대 초반쯤 되어 보였고 험상궂은 인상에 몸집이 크고 건장했다. 안경 너머 빛나는 날카로운 눈이 필립의 얼굴을 매섭게 훑었다.

"전혀 안 닮았군."

박사가 말했다.

"네? 누구를요?"

박사는 못 들은 척 말을 돌렸다.

"이름이, 그러니까 필립이고, 얼마 전 머리를 세게 부딪힌 이후로 밤마다 똑같은 관현악곡을 듣는데, 이걸 쓰고 싶어 죽을 것 같다고요?"

"아, 네……. 요약을 잘하시네요!"

필립이 빵실 웃었다.

박사는 마주 웃는 대신 미간을 모았다.

"알고 봤더니 어렸을 때 피아노를 좀 쳤었고?"

"그것까지 아세요? 네, 맞아요."

"그런데 이름이 필립이고요?"

"제 이름에 무슨 문제라도……?"

필립이 눈을 가늘게 뜨며 물었다.

"아니, 그건 아닙니다."

박사가 시선을 피하며 자리에 앉았다.

필립이 음료를 주문하는 사이 박사는 테이블을 톡톡 두드리며 맞은편에 앉은 필립을 관찰했다. 그가 오른편의 교수를 향해 고개를 기울이고는 말했다.

"이거 참, 이상하게 신경이 쓰여요……. 순재는 뭐라고 하던가요?"

라테를 홀짝이던 교수가 빙그레 웃었다.

"도와주고 싶대요."

"흠."

박사는 그럴 줄 알았다는 얼굴로 의자에 털썩 등을 기댔다.

곧 웨이터가 필립이 주문한 자몽에이드를 가져왔다. 박사는 필립에게 연구 설명문과 동의서를 건넸다.

"읽어 보시고 궁금한 거 있으면 물어보세요."

필립은 에이드를 빨대로 들이켜며 종이 위 글자를 죽 읽었다. 그 내용이 대략 이랬다.

키완 바익 박사와 함세화 교수가 머릿속에 있는 음악을 악보로 구현하는 연구를 하고 있다. 방법은 이러하다. 실험 참가자에게 특정한 음이나 소리를 떠올리게 한 뒤 뇌파와 혈류를 측정한다. 수없이 많은 데이터를 모은다. 이를 바탕으로 인공지능을 학습시킨다. 참가자가 어떤 음악을 떠올리면 인공지능이 뇌파와 혈류를 분석해 악보로 구현할 수 있게 된다.

필립이 동의서에 서명하면 박사는 필립의 뇌파와 혈류 데이터를 연구 목적으로 사용할 수 있다. 하지만 필립이 원하면 언제든지 그만둘 수 있고, 그녀의 데이터도 사용되지 않을 것이다……. 이름. 날짜. 서명.

"와우."

필립이 중얼거렸다.

"좋네요. 서명할게요!"

박사는 필립의 들뜬 미소를 본체만체하며 펜을 테이블 위에 탁 내려놓았다.

"서명하기 전에, 알아야 할 게 있습니다."

박사가 말했다. 펜 위에 얹은 손을 떼지 않은 채였다.

"연구에 참여한다고 해서 필립 씨가 내일 당장 그 곡의 악보를 손에 넣게 되지는 않을 겁니다. 연구는 이제 막 시작했고, 우리가 개발하려는 건 매우 복잡한 기술이니까요. 몇 년이 걸릴지 모르죠."

박사가 덧붙였다.

"솔직히 말해서, 순재한테 레슨 좀 받아서 직접 쓰는 게 빠를 수도 있어요."

"그게 누군데요?"

필립이 어리둥절한 얼굴로 물었다.

박사는 이런 황당한 질문은 처음이라는 듯이 턱을 내리며 필립을 말끄러미 쳐다봤다.

"함 교수님 남편인 차순재 씨 말입니다. 피아니스트인데…… 들어 본 적 없어요?"

"없는데요……."

필립은 교수에게 실례인가 싶어 황급히 원래부터 아는 피아니스트가 한 명도 없다고 변명했다.

"……아니면 전과해서 함 교수님 제자가 되는 방법도 있습니다."

모든 대안을 제시한 다음 박사가 펜에서 손을 거뒀다.

옆에서 교수가 말을 받았다.

"포트폴리오와 오디션을 준비하면 돼요."

"어휴, 제 수준에 말도 안 되는 말씀들을 하시네요……."

필립은 씩 웃으며 동의서에 서명을 휘갈긴 뒤, 펜과 동의서를 박사에게 돌려주었다.

"잘 부탁드립니다."

박사는 고개를 한 번 끄덕이고는 짐을 갈무리하고 일어섰다. 필립의 동의서도 받았겠다, 직접 만나도 봤겠다, 용건은 끝났다는 칼같은 태도였다.

"이만 연구소로 돌아가 봐야겠습니다."

그는 교수와 몇 마디 작별 인사를 나누다가 문득 할 말이 떠올랐는지 필립에게 돌아섰다.

"앞으로는 기계를 고장 내면 곤란해요."

필립이 웃음을 터뜨렸다.

"박사님이 고장 안 나게 만들어 주세요."

박사는 허를 찔린 것처럼 한쪽 눈을 살짝 찌푸렸다.

"다음에 봅시다."

그 말과 함께 그는 카페를 나섰는데, 어쩌면 필립의 기억이 잘못되었고 박사가 "두고 봅시다."라고 말했을 가능성도 있다. 바로

이 순간부터 박사와 필립 사이에 기나긴 말씨름이 시작됐기 때문이다. 하지만 두 사람이 그 정도로 친해지기까지는 아직 멀었다. 그렇지, 필립은 아직 순재도 못 만난 상태다.

04 아카샤가 타고난 것

박사가 테스트용 장치를 수리하고 보완하는 동안 필립은 상담사도 만나고 의사도 찾아가며 바쁜 시간을 보냈다. 의사는 필립이 '후천적 서번트 증후군'과 가장 비슷한 증상을 보인다는 진단을 내렸다. 머리에 손상을 겪고 천재적인 재능을 얻는 사람들이 아주 드물게 있는데, 필립과 다른 점이라면 보통은 일상에 지장이 갈 정도로 증상이 심각하다고 했다. 필립은 학교 공부와 알바를 평소처럼 이어 가고 있었고, 증상이라면 자기 전에 들리는 밤들음과 밤들음을 ~~쓰고 싶다는~~ **써야 한다는** 강박이 다였다. 그 강박마저도, 어차피 당장 쓸 방법이 없다는 걸 알기에 점차 실낱 같은 초조함에 가까워졌다.

필립 안에서 끊임없이 음악이 샘솟는 게 아니라 밤들음 한 곡만이 맴돌고 있었다. 그렇기 때문에 필립은 자신이 서번트도 천재도 아니며, 이 한 곡만 써내면 모든 것이 예전으로 돌아갈 것이라 확신했다.

밤들음과 관련해 계속 조언해 주던 함 교수가 그러면 녹음을 해 보지 않겠느냐고 물었다. 세상이 좋아져 오디오 파일을 악보로 옮겨 주는 프로그램이 있다고 했다. 조금씩 나누어 녹음하다가 전곡이 완성되고, 필립은 행복해지고, 『순.평.필』의 두께는 반으로 줄어들 수도 있었겠지만 결론부터 말하자면 녹음은 실패로 돌아갔다.

핸드폰 녹음기를 켜고 눕긴 누웠는데, 밤들음을 따라 부르는 새 집중이 흐트러졌기 때문이다. 두세 가지 멜로디가 섞여서 어리바리 당황하다 보면 음악이 끊기기 일쑤였다. 그리고 무엇보다 필립은 밤들음이 흐르는 중간에 다른 일을 할 기운이 없었다.

밤들음은 폭발과 같았다. 꼼짝없이 붙들려 함께 흘러가고 나면 울렁이는 잔물결이 남아 필립을 이리저리 흔들었다. 오랜만에 끝까지 가닿은 날에는 호흡이 가빠져 있기도 했다. 필립은 언젠가부터 몸에 힘을 축 뺀 채 담담히 밤들음을 받아들였고, 밤들음도 눈치가 있는지 필립이 피곤한 날에는 휘리릭 고장 난 테이프 소리를 내며 도중에 끊겼다.

그나마 녹음한 앞부분이라도 컴퓨터에 옮겨 보자고 교수의 집에 갔다가 필립은 순재를…… 아, 아니다. 이때는 순재가 아직 요양 중이었고, 순재의 조카 아카샤를 만났다. 9학년 도아카샤로 말할 것 같으면 순재 누나 은재가 도 씨 음악가와 만나 낳은 딸이었다. (순재한테 누나가 있단 얘길 처음 듣는다고? 그럴 리가. 『순재와 키완』에 세 번이나 나오는걸.)

아카샤는 이날 학교에서 내 준 작곡 과제를 한다고 함 교수네 집에 놀러 와 있었다.

"아카라고 불러 주세요!"

짧은 인사를 나눈 후에 아카샤는 피아노 앞으로 돌아가 건반을 뚱땅거렸고, 필립은 교수의 도움을 받아 녹음 파일을 컴퓨터 악보로 옮겼다. 겨우 멜로디 한두 줄, 밤들음의 아주 거친 스케치였다. 그마저도 프로그램이 완벽하지 않아 악보를 재생해 보면 녹음과 조금씩 다른 부분이 들렸다.

"에잇, 이게 아닌데……."

필립이 악보 고치는 법을 몰라 쩔쩔매자 호기심 어린 눈으로 곁눈질하던 아카샤가 다가와 활기차게 물었다.

"제가 도와드려도 돼요?"

"도와주면 고맙지!"

필립은 냉큼 자리를 비켜 줬다.

아카샤는 필립의 핸드폰에 든 녹음 파일을 한 번 듣고는 흥얼거리며 악보를 고치기 시작했다.

필립이 놀라 교수를 바라봤다.

“천재예요?”

교수가 대답했다.

“그보다는, 절대음감을 가졌고 기억력이 좋지.”

마무리로 악보를 훑던 아카샤도 맞장구쳤다.

“맞아요. 그리고 이건 짧아서 뭐, 아무나 할 수 있어요.”

“응, 나 빼고 아무나.”

필립이 말했다.

“배우면 할 수 있어.”

여러 번 면담하며 친해진 이후로 교수는 가끔 이렇게 농담 삼아 전과를 권하곤 했다. 그때마다 필립은 말도 안 된다며 손사래를 쳤다.

밤들음 하나 쓰자고 진로를 바꾸라니, 필립의 수고를 이런 터무니없는 일에 몽땅 쏟으라니. 재밌겠다고 설레발치기 전에 현실적인 걱정이 앞섰다. 전과는 얼마나 어려울 것이며, 졸업은 할 수 있을까, 졸업하고 먹고살 수는 있는 건가.

물론 필립에게도 나름 음악인에 대한 환상이 있었다. 방금의 아카샤처럼, 듣는 대로 뚝딱 써 내고 온갖 음표와 쉼표 앞에서 자기만의 길을 개척하는 사람…… 그런 사람이 될 수 있다면 좋겠지.

'될 수 없는 이유는 너무나 많고.'

필립은 골똘한 생각에 빠졌다.

필립의 오빠, 제인(Zane)만 해도 필립이 음악을 배우고 싶어 한다는 얘기에 어떻게 이죽거릴지 빤했다. 어렸을 때부터 뭐든 혼자서 잘하는 오빠 때문에 필립의 학창 시절은 고달픔의 연속이었다. 제인은 혼자서 그럭저럭 공부해 대학에 갔고, 올 초에는 졸업과 동시에 그럭저럭 괜찮은 직장에 들어갔다. 자연스럽게 부모님의 간섭은 늘 필립을 향했다. 제인까지 껴서 공부 좀 하라는 소리를 얄밉게 늘어놓곤 했다.

하지만 필립은 자신의 학창 시절을 공부도 뭣도 아닌 케이팝 아이돌 N7N(엔세븐)에 바쳤다. 방 안의 포스터와 앨범을 한심하게 보던 제인의 얼굴이 떠올랐다. 음악 하겠다는 소리를 하면 "너 아직도 거기 빠져 사냐?" 하고 괜히 놀란 척할 인간이었다.

'으휴……. 동생이 요즘 어떤 딜레마에 빠져 사는지 알지도 못하면서 비꼬기부터 하겠지. 팝 아니고 다른 장르야, 말해 주면 또 그건 그거대로 비꼴 구석을 찾으려나?'

필립은 울컥하는 감정을 다스리고자 핸드폰 뒷면에 붙여 놓은 스티커를 어루만졌다.

교수가 잠시 전화를 받으러 자리를 비운 참이었다. 식탁에 앉아 숙제로 제출할 악보를 다듬던 아카샤가 문득 필립에게 말을 걸었다.

"언니, 언니도 N7N 좋아해요?"

"앗."

필립은 핸드폰의 스티커와 아카샤의 얼굴을 번갈아 보았다. 팬이 아니고서야 알아볼 수 없도록, 교묘하게 위장된 디자인의 스티커였다.

"너도?"

"전 사랑하죠."

아카샤가 식탁 위에 널브러져 있던 책가방을 들어 보였다. 앙증맞은 N7N 팬 배지가 달려 있었다.

"올해 사인 앨범도 받았어요. 보실래요? 너무 소중해서 맨날 품고 다녀요."

책가방 안주머니 속에서 N7N의 앨범이 튀어나왔다. 필립이 경외심 어린 눈빛으로 사인을 구경하는 사이 아카샤는 한층 높아진 목소리로 재잘거렸다. 이게 어떻게 받은 거냐면요, 우리 이모가 희극 배우여서 이렇게 저렇게 됐는데…….

이야기의 주제는 곧 각자의 최애 멤버와 입덕 시기와 가장 최근 앨범의 최애 수록곡으로 넘어갔다. 그다음엔 N7N의 보컬이자 필립의 최애인 규원이 다독가라는 정보가 공유되었다. 필립이 그가 요즘 읽고 있다는 한국 책을 따라 샀다가 딱 한 장 읽고 덮은 이야기를 시시덕거리고 있는데, 때마침 통화를 마친 교수가 나타났다.

교수는 묘한 얼굴을 하고 있었다. 어떤 소식을 들었는데 그 소식의 희비를 가름할 수 없다는 듯이, 어색하고 딱딱한 표정으로 문간에 몸을 기댔다.

아카샤가 궁금증 가득한 목소리로 물었다.

"순재 삼촌이에요?"

"……그래."

그러고는 이어지는 말이 없었다.

필립은 볼일도 다 봤으니 슬슬 집에 가려고 자리에서 일어섰다.

교수가 퍼뜩 생각에서 깨어나 말했다.

"아, 그런데 필립을 만나고 싶어 하더라."

"……저요? 제가 만날 일이 있을까요?"

필립은 어리둥절해하며 백팩을 멨다. 밤들음에 관심이 있으신가? 하고 추측해 볼 뿐이었다. 옆에서 아카샤가 "나도 삼촌 빨리 보고 싶은데." 하고 종알거렸다. 교수는 어색한 미소로 "아무래도 빨리는 어렵겠지." 하고 둘 다에게 대답했다.

"삼촌이 작년에 좀 아팠거든요." "아, 그랬구나." 같은 대화 후에 필립은 교수의 집을 나섰다.

그래서 순재는 대체 언제 만나냐고? 바로 다음 장, 그러니까 이로부터 3주 뒤의 일이었다.

05 필립의 악보

𝄞

3주 뒤, 필립은 키완 바익 박사가 보낸 이메일을 받았다. 새 테스트 기계가 완성됐으니 교수의 집에서 시험해 보자는 내용이었다.

— 안녕하세요, 바익 박사님. 연락 주셔서 감사합니다. 그런데, 학교에서 하는 게 아니고요? 필립 올림.

1분도 안 되어 박사의 답장이 도착했다.

— 안녕하세요. 밤들음이 자연 발생하는 상태에서 실험하려고 합니다. 함 교수님과 학교 측의 동의를 얻었으니, 금요일 오후 7시까지 그 집으로 가시면 됩니다. 키완 바익 박사 드림.

— 안녕하세요, 박사님. 답장 감사합니다. 다시 말해서, 그 집에서 자게

될 거라는 말씀이신 거죠?? 필립 올림.

— 맞습니다. 키완 바익 박사 드림.

별 경험을 다 해 본다고 생각하면서, 필립은 잠옷과 세면도구를 챙겨 약속된 시간에 함 교수의 집으로 갔다. 막 퇴근한 교수가 볶음쌀국수를 배달시켰고, 필립은 교수와 어색하게 마주 앉아 젓가락을 놀렸다.

교수는 그날따라 유독 시계를 힐끔거렸다.

"무슨 일 있으세요?"

벽시계와 핸드폰을 번갈아 확인하는 교수의 모습에 필립이 물었다.

교수는 살짝 부끄러운 듯이 웃음을 터뜨렸다.

"사실은…… 남편이 오늘 돌아오거든. 아카와 바익 박사님 몰래."

"아, 네."

필립은 교수가 이전 날 어색한 웃음으로 통화 내용을 함구하던 게 비밀을 지키기 위해서였음을 깨닫고 고개를 끄덕였다.

"이따 밤늦게 도착할 건데 신경 쓰지 말고 자고 싶을 때 자렴. 뇌파 측정기는 이미 세팅해 뒀어."

교수는 필립을 2층의 손님방으로 안내했다. 침대 옆의 협탁 위에 묵직한 검정 노트북과 업그레이드된 뇌파 측정기가 놓여 있었다. 해파리 다리처럼 여러 갈래로 뻗어 나가는 모양은 그대로였지만 센서의 수가 늘어 한층 복잡해 보였다. 필립은 침을 꿀꺽 삼켰다. 겉보기로는 언제라도 밤들음을 밖으로 꺼내 줄 듯이 생긴 장치였다.

'어떤 결과가 나오려나?'

설레는 마음에 등을 떠밀려 그녀는 방 안을 빙빙 돌았다.

과학과 기술의 발달이야말로 필립이 지금 가장 기다리는 것이었다. 언젠가 박사의 기계가 밤들음을 써 주길 기대했다. 필립이 긴 세월 걸려 음악을 배우느니 생초보도 작곡할 수 있게 해 주는 기계가 발명되는 게 빠를 거라고, 그런 미래가 확실하고 신속하게 다가오고 있음을 장담할 수 있었다. 당장 내일 아침에 밤들음의 스케치를 만나게 될지도 모르고!

들뜬 기분으로 작은 방의 구석구석을 구경하다가, 필립은 책장에 꽂힌 『청음』이니 『화성』이니 하는 교수의 음악책을 발견했다. 슬쩍 펼쳐 보니 글씨와 음표가 빽빽하여 눈앞이 어지럽고 도통 무슨 말인지 알 수 없었다. 필립은 그대로 책을 덮고 박사의 새 발명품을 착용했다.

기대감 때문인지, 낯선 곳에 와 있어서인지 그날따라 필립은 쉽게 잠들지 못했다. 불 꺼진 방에 누워 N7N의 영상을 한참 보다가 (웃다가, 가슴이 벅차올라 주먹을 그러쥐다가, 숨 쉬는 걸 잊다가, 다시 활짝 웃다가) 마침내 눈이 감길락 말락 할 즘엔 자정이 훌쩍 넘어 있었다.

밤들음이 시작될 법한 바로 그 순간에, 아래층에서 현관문 열리는 소리와 교수가 누군가와 두런두런하며 집 안으로 들어오는 소리가 들려왔다. 소문으로만 듣던 차순재 씨가 돌아온 모양이었다. 그러고 보니 어떤 사람인지, 어떻게 생겼는지 인터넷에 검색이라도 해 볼 걸 그랬다는 생각이 뒤늦게 스쳤다.

밤들음은 어김없이 찾아왔다. 그 후에는 잠이 퍼부었다.

다음 날 아침, 바익 박사가 장치를 회수하고 측정 결과도 확인할 겸 함 교수의 집에 들렀다.

"어떻습니까?"

현관문이 열리자마자 그가 다짜고짜 물었다.

함 교수가 그를 맞이하며 알 수 없는 미소로 답했다.

"우리 다 놀라는 중이에요."

"성공이에요?"

박사는 새 측정기의 놀라운 성과를 두 눈으로 확인하기 위해 서둘러 안으로 들어섰다.

"아니, 하지만 네 잘못은 아냐."

응접실 소파에서 망고 요구르트를 먹던 순재가 킬킬 웃으며 말했다. 박사는 깜짝 놀라며 그 자리에 멈춰 섰다.

"언제 왔냐?"

"어젯밤."

말문을 잃은 박사의 시선이 순재를 머리부터 발끝까지 훑었다.

"살 좀 붙었네. 고생했다."

"보기 좋지?"

호리호리한 순재가 씩 웃었다. 박사는 고개를 끄덕이면서 순재의 어깨를 가볍게 두드렸다. 그러고는, 본래의 목적을 상기한 듯이 부엌 쪽으로 급히 움직였다.

"뭔가 잘못됐습니까?"

필립은 널찍한 주방 조리대 앞에 앉아 요구르트를 먹다가, 박사가 다가오자 노트북 화면에서 고개를 들었다.

"안녕하세요, 박사님!"

필립이 샐샐 웃으며 박사의 시선을 피했다.

"다행히 고장은 아니라네요……."

박사는 말없이 자신이 두고 간 연구용 노트북의 화면을 응시했다.

관현악곡이라면 으레 악기별로 보표가 나뉘어 있고 각각의 보표를 여러 단으로 쌓아 모음 악보를 만든다. 필립의 악보는 아니었다. 그러니까…… 보표 하나에 모든 악기의 음이 빽빽하게 구겨 넣어져 있었다. 검은 동그라미가 끝도 없이 겹쳐지고 보표의 위아래로 삐죽빼죽 음표가 튀어나왔다. 한마디로, 기괴하고 쓸모없는 악보였다. 그마저도 세 장째부터는 '인식 오류'로 텅 비었다.

박사는 한숨을 내쉬었다.

"밤들음을 하나의 거대한 멜로디로 인식하고 있군요."

"교수님 말로는 제가 먼저 악기별로 소리를 구분해 낼 수 있어야 한대요."

필립이 쑥스러워하며 말했다.

박사가 화면을 향해 숙였던 허리를 폈다.

"맞습니다. 애초에 작곡가들 대상으로 개발한 프로그램이라 필립 씨 같은 사용자는 염두에 두지 않았거든요. 데이터도 대부분 음대생들에게 수집했죠. 이 사람들은 기본적으로 멜로디와 베이스를 구분 지어 생각하고 악기 소리마다 나오는 뇌파도 다릅니다."

그가 조리대 위를 톡톡 두드리며 말을 이었다.

"악기 구분하는 법을 익히세요. 이 괴상망측한 악보를 쪼갤 방법은 그뿐이니까."

"괴상망측한……. 인정합니다."

필립이 허허 웃으며 대답했다.

교수가 출근 준비를 마치고 나타나 덧붙였다.

"앙상블을 통째로 쏟아 내는 게 아니라, 악기별로 켜켜이 쌓아 간다고 생각해야 돼. 곡은 그렇게 쓰는 거야."

"결국 뭘 해도 기본기는 있어야 하는 거네요. 악보 구성도 알아야 하고, 작곡하는 법도 알아야 하고……."

실망한 필립이 어깨를 늘어뜨렸다. '머릿속의 곡을 써 주는 기계'야말로 필립에게는 하늘이 내린 동아줄이었는데, 그 줄을 타고 오르는 데도 악착같이 매달릴 힘과 근육이 있어야 한다는 소리였다.

노트북을 챙기던 박사가 퉁명스럽게 내뱉었다.

"나는 작곡을 도와주려는 거지, 대신 해 주려는 게 아닙니다."

"박사님, 전부터 느꼈지만 저한테 유독 차가우세요."

필립이 박사에게 눈을 흘겼다.

박사는 어쩔 수 없다는 듯이 어깨를 으쓱였다.

"옛날에 좀 껄끄러웠던 녀석이 저 스스로에게 필립(Pilib)이란 이름을 붙였거든요."

"그게 저는 아닌데요!"

필립의 기운찬 대꾸에 놀랐는지 어쨌는지 돌아오는 대답이 없었다. 순재는 요구르트 바닥을 긁다 말고 박사를 힐끗 바라보았다. 어색한 침묵이 흘렀다.

"암, 아니지."

이윽고 순재가 말했다.

"전~혀 아니지."

교수가 입으려던 재킷을 마저 걸치며 말했다.

"아니, 그야 그런데…… 네, 그야 그렇죠……."

박사가 신경질적으로 뒷목을 쓸었다. 필립에게는 침울한 사과가 건네졌다.

"제가 실수했습니다."

필립은 박사가 현관을 나서기 전에 "언젠가 재밌는 얘기를 들려주겠다"고 제 귓전에 속닥이는 것을 들었다. 혼잣말인가 싶을 정도로 작고 낮은 목소리였다.

06 질투 (Instrumental)

𝄞

그해 필립의 1학기 성적은 대단했다. 대단히 낮았다는 뜻이다.

기말고사를 마친 필립은 "와, 망했네." 하고 웃고는 친구들과 놀러 나갔다. 학교를 다니면서 알바를 하고, 밤에는 남몰래 음악 공부를 하고, 바익 박사의 연구에도 매주 참여했다. 성적이 떨어진 것은 어찌 보면 당연한 일이었다. 필립의 마음이 전공에서 멀리 떨어진 콩밭에 가 있었으니까.

밤들음은 여전히 매일 밤 쏟아져 내렸다. 웅장한 폭포처럼, 섬세한 물결처럼, 세찬 여울처럼. 그리고 필립이 그 속에서 움켜잡는 것은 강기슭 흙바닥에서 펄떡대는 초라한 송사리 한 마리였다. 분했다. 그리고 아카샤가 부러웠다.

공부가 필요하단 말에 필립은 초보자용 음악책을 사다가 공부를 시작했다. 그렇지만 밤들음을 쓰는 일에는 조금도 진전이 없었고, 막막함만 배가됐다.

아무렴, 딱 한 번 흐르고 마는 관현악곡을 받아 적기가 누구에겐들 쉽겠냐마는, 필립은 슬슬 이것이 자신에게 불가능에 무한히 가까운 일이라는 것을 깨닫고 있었다. 교수님이나 아카샤였다면 달랐을 것이다, 필립은 생각했다. 두 사람이 같은 곡을 백 번쯤 들었으면 이미 외워서 악보로 옮기고도 남았을 거라고.

N7N을 계기로 필립은 아카샤와 친근하게 연락하는 사이가 되었다. 그 애의 삼촌과 숙모(그러니까, 순재와 함 교수)뿐만 아니라 아버지도 음악가라는 사실과, 아카샤가 어렸을 때부터 여러 악기를 배운 것과, 최종적인 꿈이 지휘자라는 것도 알게 됐다. 아직 9학년인 그 애의 진로가 확고해 보이는 데에 비해 필립은 자신이 인생이라는 배의 키 앞에 서서 손만 대고 있는 기분이었다. 정해 놓은 방향 없이, 흘러가는 대로, 쏠리는 대로 따라갈 뿐이라고.

필립의 부모님은 편의점을 운영하는 자영업자였고, 필립은 고등학교 졸업과 동시에 수도에 왔다. 오빠 제인이 수도에 먼저 자리를 잡았기 때문에 고민 없이 내린 결정이었다. 제인이 고향에 있는 회사에 취직하면서 다시 혼자가 되긴 했지만 어차피 남처럼 살던 남매라 있으나 없으나 큰 차이는 없었다.

전공은 그나마 할 만해 보여서 골랐다. 이제 막 발을 담갔는데

벌써 빼고 싶은 게 문제였다. 여러 언어를 할 줄 알지만 이 능력을 활용해서 어떤 전문적인 직업을 가질 수 있을 것 같진 않았다. 자기 적성에 맞는 일이 이 세상엔 존재하지 않는 것처럼 느껴졌다. 하고 싶은 게 딱히 없었다. 밤들음을 쓰는 것 외에. 하지만 그런 게 인생의 목표가 될 수는 없는 노릇이었다. 아마도.

'저번에 보니까 아카는 혼자서 작곡도 하던데.'

교수의 집에서 봤던 아카샤의 모습은 필립의 뇌리에 강한 인상을 남겼다. 밤들음이 아카샤에게 갔다면 어땠을까, 하고 필립은 자꾸만 일어나지 않은 일을 상상했다. 그랬으면 달랐을 것이다. 아카샤는 필립보다 덜 힘들었을 거고, 열등감 같은 것도 느끼지 않았을 테고, 밤들음이 어느 날 홀연히 떠날지도 모른다는 불안에 떨지도 않았을 거고…….

"……눈 좀 그만 감아요."

필립의 뇌파를 측정하던 박사가 말했다.

필립은 눈을 부릅뜨고 새하얀 연구소 벽을 바라봤다.

"죄송하지만 사람의 눈은 박사님 것과 달라서 가끔씩 감았다 떠 줘야 하거든요."

"말도 그만하시고."

필립은 대답 대신 너털너털 웃었다.

"웃어도 안 됩니다. 뇌파 측정 한두 번 해요?"

필립은 재빨리 입꼬리를 내리고 근엄한 표정을 지어 보였다. 컴퓨터 화면을 유심히 지켜보던 박사가 물었다.

"요즘 뭐 스트레스받는 일 있습니까?"

필립이 놀라 고개를 돌렸다.

"그런 것도 알 수 있어요?"

"뇌공학을 전공하면 그 답을 알게 될 겁니다."

"아, 예……."

"연구에 참여하기가 버거우면 언제든 말씀하세요."

"아뇨, 그런 게 아니라……."

밤들음을 쓰지 못해 속을 앓고 있다고, 분할 자격도 없는 자신이 요즘 분에 차서 아카샤를 부러워한다고, 필립은 부끄러워 털어놓을 수 없었다. 하지만 날이 갈수록 조급해지는 마음을 누군가에게 드러내고 싶었고, 마침 머릿속의 미세한 전기 신호까지 드러내 놓은 마당에 박사에게 그러기로 했다.

필립의 고민을 들은 박사는 이렇게 말했다.

"어떤 기분인지 잘 압니다."

"네에? 설마요."

키완 바익 박사는 필립이 지금까지 만난 어른 중 가장 똑똑하고 성공한 사람이었다. 박사가 재능 때문에 누군가를 질투하거나 좌절하는 모습은 상상하기 어려웠다. 박사는 그런 필립에게 약속했던 '재밌는' 이야기를 들려주었다.

07 평범한 키완

𝄞

내 이름이 키완 바익이 되었을 때 나는 아홉 살이었다. 그해, 부모님이 돌아가셨고, 나는 순재를 사고에서 구했으며, 미래에 내가 **무엇을 이루는지** 알게 되었다.

인류사에 한 획을 그은 과학자, 기구한 어린 시절을 딛고 재능을 꽃피운 천재, 많은 사람을 이롭게 한 안드로이드의 창조자. 모두 미래의 나를 수식하는 말이라고 했다. 스스로 '홍필립'이란 이름을 붙인 그 녀석의 말에 따르면. 그러면서 이런 미래를 버리는 건 어리석은 선택이라고…… 걔가 그랬던가?

그 사건 이후로도 순재와는 언제까지나 붙어 다닐 줄 알았는데, 그러지 못한 데는 거리 탓이 크다. 초등학교를 졸업한 후 나는 양부와 여러 사람의 후원으로 이역만리의 기숙 학교에 진학했다. 시기가 좀 달라졌을 뿐, 여기까진 홍필립이 알려 준 미래대로였다.

어린 시절, 타지에 있으면서 이역어를 배웠으므로 적응은 어렵지 않았다. 공부도 곧잘 했다. '곧잘' 하는 정도로 내가 만족하지 못했을 뿐.

나는 이미 알고 있었다. 나에게 재능이 있었고 그 재능은 위대한 업적을 이룰 만한 것이었다. **알았기 때문에** 스스로를 믿을 수 있었다.

고난은 여기서 시작됐다. 나는 평범한 아이였다.

세상은 유한하되 내가 헤아리는 것보다는 넓었다. 어느 수업에 가든 나보다 잘나고 공부 잘하는 동급생이 수두룩했다. 끈질기게 노력해 그 아이들 수를 줄여 나갔지만 12학년이 되어서도 이과 반 1등은 하지 못했다. 선생님들 사이에서 나는 노력하는 기특한 아이로 통했다. 하지만 나는 노력하는 아이보다 재능 있는 아이, 특출한 아이가 되고 싶었다. 내가 또다시 '바익 박사' 같은 위인이 되기 위해서는 그런 아이여야만 했다.

정작 내가 가진 재능은 끝없는 시기였다.

나는 나보다 나은 무언가를 가지고 있으면 누구라도 질투했다. 내가 갖지 못한 건 모두 반짝였고, 그런 내가 눈을 뗄 수 없었던 사람이 바로, 한 학년 선배였던 토바다.

그 애가 가진 것은 이 땅의 주인들에게 물려받은 구릿빛 피부, 물결치는 긴 갈색 머리, 깊고 그윽한 눈매뿐만이 아니었다. 토바는 운동으로 다져진 탄탄한 몸으로 꼿꼿이 걸었다. 소싯적부터 시원시원하고 호쾌한 성격이었다. 그리고 집에 돈이 많았다. **아주** 많았다.

누구나 학교의 대스타와 친구가 되고 싶어 했다. 나도 마찬가지였다. 토바가 가진 돈 때문만은 아니었다. 믿어 줄지 모르겠지만 사이좋게 지내면 나중에 도움이 될 거라는 계산도 하지 않았다. 그도 그럴 게, 토바를 학교 강당에서 처음 만났을 때 나는 아직 마음 여린 7학년이었다. 내 친구의 누나가 토바와 친구였기 때문에 여럿이서 말을 섞다 보니 나도 토바와 인사를 나누게 되었다.

나를 궁금하게 만든 건 토바라는 아이 그 자체였다. 수많은 친구들에게 둘러싸인 그 애를 보고 저 중 하나가 아니라 좀 더 가까운 사이가 되고 싶다는 생각을 했다. 왜 하필 토바였을까? 토바가 가진 모든 것들이 그 애를 매력적인 사람으로 만들었을까? 내가 살면서 흥미를 느낀 사람들이 꼭 많이 가진 사람은 아니었으니 그게 정답은 아닐 것이다.

어쨌든 우리는 몇 년 후에 정말로 돈독한 친구가 됐다. 상급학년 때 수영부와 학생회 활동을 함께한 덕이다.

돈독한 친구로서 내가 알게 된 건 토바의 마음속 고민도, 약점도 아니었다. 그저 그 애가 상상을 뛰어넘는 부자라는 사실뿐이었다. 방학 동안 한 일, 주말에 산 것, 올해 생일 선물 같은 이야기를 듣다 보면 정신이 절로 아득해졌다.

나는 박사가 될 작정이었고 그러려면 많은 돈이 필요했다. 또 박사가 되어 연구를 하기 위해서도 어마어마한 연구비가 들었다. 때때로 이런 것들을 생각하며 나는 토바를 부러워했다. 그 애를 무턱대고 찾아가 "날 후원해 줘. 넌 후회하지 않을 거야." 같은 말을 지껄이는 상상을 하기도 했다. (훗날, 나는 내 가장 큰 후원자에게 이 이야기를 털어놓았다. "물론 입 밖에 낸 적은 한 번도 없었지만, 그때는 별 비굴한 생각을 다 했다니까." 그러자 토바가 말했다. "날 보면서 그런 생각을 하는 게 너 하나뿐이겠니? 눈만 봐도 다 들려.")

우리는 같은 대학에 갔다. 토바의 애인이 1년에도 몇 번씩 바뀌는 모습을 옆에서 지켜보면서 나는 "역시 돈으로 맺어진 우리 사이가 더 끈끈하다니까." 하고 농담하며 웃었다. 내가 대학에 입학하면서 토바네 회사 재단이 후원하는 장학생이 되었기 때문이다.

대입 시험에서 나는 평소보다 높은 점수를 받고 처음이자 마지막으로 딱 한 번 전교 1등을 했다. 여러 사람의 칭찬이 쏟아졌지만 나는 부루퉁했다. 전국으로 따지면 내 위에 몇백이나 되는 녀석들이 있다는 사실이 불만스러웠다. 나는 얼굴 모를 그 애들까지 질투했다.

내 계획대로라면 고등학생 때 이미 놀라운 발견이나 발명을 하고 스물한두 살에 명성과 재물을 손에 쥐었어야 했다. '키완 바익'은 천재였고, 성공해야 마땅했는데 그러지 못한 채 시간이 흘렀다. 나는 대학에 처박힌 수많은 학생 중 하나에 불과했다. 성적은 좋은 편이었다. 하지만 획기적인 성과는 언제나 다른 사람 몫이었다. 얕잡아 본 동기가 학회상을 딴다든지 하는…… 그런 일들이 내 속을 갉아먹었다.

그 와중에 순재는 피아니스트로서 점점 세상의 주목을 받으니 요상한 일이었다.

순재는 중학생 때부터 대회에서 두각을 나타내더니 간간이 무대에 섰다. 스물두 살에 이역만리의 음악원에 입학했고 몇 년 후 국제 콩쿠르에 입상하면서 신문에도 나고 이름을 알렸다. 순재 주변에는 부모님과 형제들이 있었고, 가능성을 알아보는 사람들, 좋은 스승들이 있었다.

처음에는 친구가 꿈을 이뤄 기뻤다. 그런데 개 버릇 남 주나? 나는 금방 순재가 부러워졌다.

그런 생각을 했다. 차순재가 잘된다면…… 키완 바익은 더더

욱 잘돼야 하지 않을까? 그래야 공정하지 않을까? 내가 그 애를 위해서 무엇까지 했는데.

죽은 그 애를 창조하려고 평생을 바치고, 그 애를 구하기 위해 빛나는 미래를 버리고, 또 심지어는……. 따지고 보면 그 애가 지금 살아 있는 건 내 덕분이지 않나?

전부 그만둬 버리고 싶은 기분이 때때로 찾아왔다. 눈부신 업적이니 충격적인 발견이니 하는 것들은 나와 도무지 연이 없었다. 로봇도 아니고 다른 분야면서, 대체 무슨 자신감으로 뛰어들었을까?

그렇다고 길을 돌이키기엔 너무 늦어 버렸다. 한창 박사 과정 중이었고, 그때까지 받은 장학금과 보조금이 상당했고, 무엇보다 토바가 가만있을 리 없었다. 토바가 나를 잘 '챙기는' 건 그만큼 기대하는 바가 있다는 뜻이었다.

……홍필립. 그 옛날 망설임 없이 내쳤던 홍필립을 나는 어쩔 수 없이 떠올렸다. 순재를 죽게 두고 자기를 만드는 미래를 선택하라는 말에, 나는 피도 눈물도 없는 녀석이라며 화를 냈었다. 마음만 먹으면 너 같은 건 다시 만들 수 있다고 큰소리쳤는데.

"특별한 건 네가 아니라 나야."

이건 그 애가 실제로 한 말.

"멍청한 자식. 그러게 내 말을 들었어야지."

이건 하지 않은 말.

꿈속에서 나는 그 애와 끊임없이 다퉜다. 그 애는 식탁 맞은편에 앉아 있거나, 어깨 뒤에서 말을 걸거나, 함께 전철을 타고 가거나 했다. 동그란 얼굴과 차가운 눈은 그대로였다.

"후회되지?"

홍필립이 말했다.

"아니거든. 넌 그만 좀 따라다녀라."

"평생 공부밖에 안 했는데 남은 게 뭐야?"

"시끄러워."

나는 진작에 깨달았다.

홍필립이 옳았다. 키완 바익은 요란한 수레, 속 빈 강정. 쫓기듯 달렸지만 손에 쥔 것도, 음미하며 돌아볼 것도 없는 시시한 범인.

하기 싫은 일을 하기 위해 억지로 의자에 엉덩이를 붙여야 할 때, 그런 밤이 쌓이고 쌓여 아직도 젊은 내가 문득 늙고 지친 기분이 들 때, 그럼에도 작은 책상 앞을 떠날 수 없을 때, 나는 통제 불능의 분수처럼 사방으로 쏟아져 흐르던 영감이 말라 가는 것을, 죽어 가는 것을 느꼈다.

나는 **불행했다.**

"후회하잖아."

"안 해."

"평소에 말고, 네가 현실에 지치는 순간에."

"……."

"절망의 끝자락에 발을 적시는 순간에."

"안 한다니까."

"아, 개를 그냥 내버려둘 걸 그랬다고. 후회하잖아."

그러면 나는 기가 막혀 홍필립을 째려보았고, 언제부터 네가 시인처럼 끝자락이 어쩌고 했냐며 윽박지르려다 화들짝 잠에서 깼다. 미련은 꿈속에서만 홍필립 얼굴을 했다. 깨어 있을 때 그것은 파도였다. 일렁일렁 덮쳐 와 나를 흠뻑 비참하게 만들었다.

후회했다. 안 할 리가……. 지나간 그날을 놓쳐 버린 기회로 여길 때도 있었다.

기회? 무슨 기회. 친구를 죽일 기회?

원래부터 죽을 사람이었잖아.

너…… 다른 사람도 아닌 순재한테……. 그런 생각을 품어?

하지만…… *하지만…….*

이 하지만이 백 번쯤 지나고 나면 마음은 누더기가 됐다.

"나는 널 버린 벌을 받는가 보다."

어느 꿈속에서 나는 연구실 옆자리에 앉은 홍필립에게 씁쓸하게 내뱉었다. 대답은 돌아오지 않았다.

한마디로 줄여 볼까? 괴로운 시절이었다.

삶이 내게 특별히 악의적인지, 혹은 특별히 호의적인지 나는 확신하지 못했다. 어느 쪽이든 삶이 미웠다. 나는 미웠다……. 반짝이는 순재가. 똑같이 쫓기듯 달려 그 손에 보상을 잔뜩 거머쥔 그 애가.

은재 누나에게 충격적인 소식이 들려온 것도 바로 그런 날들 중 하루였다. 순재가…… 스스로 생을 끝내려 했다고, 누나는 말했다. 나는 놀라서 심장이 멎을 뻔했다. 머리가 멍했다.

괴로워하는 건 내 천성이었다. 순재는 괴롭지 않기를 바랐다. 손을 떨며 전화를 끊고 울었다.

08 기절할 만큼 사적인 이야기

𝄞

나는 비행기 타는 걸 싫어한다. 계기는 확실하게 알고 있다. 내가 기억하는 첫 비행기 여행은 부모님이 실종된 후 엉엉 울면서 탔던 한국행이다.

끔찍한 기억이다. 부모님은 환승에 환승을 거듭하는 긴 비행기 여행을 떠났고 다시는 돌아오지 못했다. 아홉 살이었던 나는 한국의 친척에게 맡겨지게 되어 급작스레 비행기를 탔다. 젠장, 나는 엄청나게 울었다. 물리적인 고통에 시달리는 아이처럼.

지금도 출장을 가야 할 때면 직항이나 소요 시간이 가장 짧은 편을 고집한다. 마음의 상처가 세월과 함께 아문대도 다시금 시리게 하는 단서들이 어디에나 있다. 허름한 공항. 혼자 타는 밤 비행기. 상실. 따라오는 공포.

순재 부부는 10년 전 세화의 이직과 더불어 수도로 이사 왔다.

그 전에 순재는 내가 있는 수도에서 차로 세 시간쯤 떨어진 대도시에 살고 있었다. 매번 차를 끌고 갔던 길이지만 은재 누나의 전화를 받았던 그때는 비행기를 탔다. 그날 바로는 아니었고 몇 주 후였다. 어른으로 산다는 게 그랬다. 맡은 일을 내팽개치고 훌쩍 친구를 보러 갈 수는 없는 거였다. 주말에라도 다녀올까 했지만 순재가 말렸다. 이제 걱정할 필요 없다고.

— 이 양반아, 너 같으면 걱정이 안 되겠어?

문자를 간간이 주고받다가 학기가 끝나는 대로 공항으로 향했다. 전날 밤을 새웠기 때문에 운전은 위험했다. 추레한 몰골로 날아간 나를 순재가 평소처럼 허허 웃으며 맞았다.

우리는 한낮의 카페에 앉았다. 남의 속이 타들어 가는 것도 모르고 순재는 햇볕이 따듯하다는 둥 실없이 웃었다. 도대체 무슨 일이 있었는지 말해 줄 생각이 없어 보였다. 걱정해 줘서 고맙다, 얼굴 보니 참 좋다, 친구의 입에서 다정하고 두루뭉술한 말들이 흘러나왔다. 나는 갑갑한 마음에 커피를 들이켰다.

순재의 얼굴이 못 본 새 야위어 있었다. 야윈 차순재와 지친 키완 바익. 유유상종이 따로 없단 생각에 픽 웃음이 나왔다.

"조그맣고 힘 없는 꼬마들이 별걸 다 이겨 냈었잖아. 왜 그때보다도 약해진 기분이 들까?"

마음은 앞을 향해 굴러가는 예쁜 구슬. 부딪히고 깨질수록 단단한 것만 남는다고, 그렇게 더 강해진다고들 했다. *하지만 우리는 조용히 부서져 가고 있어.* 나는 생각했다. *다들 이렇게 사는 걸까? 너무 조용해서 알아차리지 못할 뿐인가?*

내 다부진 어깨를 힐긋 보며 순재가 중얼거렸다.

"……약해졌어? 그래 보이진 않는데."

"농담할 기운도 있냐?"

나는 순재에게 한참 눈을 흘기다가 다시 입을 열었다.

"이제 위험한 짓은 하지 마."

순재는 잠시 대답을 망설였다. 그 애가 씩 얄궂게 웃었다.

"진작에 말했어야지. 난 사랑에 빠졌어."

몇 주 전에 무슨 일이 있었는지 생각하면 생뚱맞기 그지없는 소식이었다. 나는 당황한 기색을 드러내려다 이내 마음을 바꿨다. 이런 때 곁에 있어 줄 사람이 있다니 오히려 다행이었다. 순재는 지금까지와는 다른 눈빛과 말투로 "그 사람 이름은 세화야, 함세화." 하고 말했다. 나는 새로운 사실을 알아차렸다. 이제 친구의 비밀이 나보다는 세화와 함께 남으리란 걸. 그동안 순재를 힘들게 한 게 무엇이었든, 그건 그녀 선에서 해결된 지 오래였다.

잘된 일이었다. 어차피 나는 순재를 이해하지 못했을 테다. 순재는 내가 갖고 싶어 하는 건 뭐든지 갖고 있었다. 그럼에도 슬플 수 있나? 나는 그럴 수 없다고 생각했다.

나는 주말을 보내고 집으로 돌아왔다. 순재가 기운을 차려 안심하는 마음이 한가득, 쓸쓸한 마음이 조금이었다. 작고 툭하면 넘어지던 시절에는 한 명의 친구가 세상의 전부이기도 했다. 어떤 나이 든 박사는 외로운 나머지 그 시절의 친구를 되찾으려고 별짓을 다 할지도 모르지. 추억 속의 존재는 무결하고 떠올릴수록 아름다워지니까. 사람보다는 로봇이 좋고, 기왕 만드는 김에 친구를 본떠 만들자, 뭐 그런 생각을 하는 거야. ……물론 이건 내가 아니라 다른 사람 얘기였다.

본론으로 돌아가서, 나는 조금 쓸쓸해졌다. 순재는 무슨 일이 있었는지 털어놓지 않았고 나도 홍필립이 나오는 꿈에 대해 이야기하지 않았다. 우리는 서로의 모든 것을 알지도, 이해하지도 못하는 사이가 되어 있었다. 떨어져 산 햇수가 제법 길었다. 그동안 우리 세상은 각기 다른 조각들로 채워졌다. '순재와 키완'을 끈끈하게 묶어 주던 어린 시절의 비밀도 아득한 옛날 일이 되어 갔다.

그래서 나는 토바 앞에 모든 불평을 쏟아 냈다. 이렇게 된 것이 섭섭하고 슬프며, 순재가 저 멀리 가는 동안 나는 이룬 것 하나 없다고, 인생을 헛살았다고……. 한 번이면 몰라도 볼 때마다 같은 푸념을 해 대니 토바도 성질을 냈다.

“쓸데없는 걱정 말고 연구에 집중해! 넌 내가 아는 가장 뛰어난 천재야.”

“난 천재가 아냐. 오래 붙어 있었을 뿐이지. 평범한 삶의 여러 조각을 대가로 치르고서.”

“키완, 네가 품고 산 조각들도 충분히 눈부셔.”

“잃은 게 너무 많아, 남은 건 없고. 내 삶은 궁핍해.”

토바는 말도 안 된다는 듯이 어깨를 으쓱였다.

“너는 어느 모로 보나 풍족을 누리고 있어. 궁핍? 너에게 대체 뭐가 궁핍한데?”

나는 낡은 연구실 소파에 앉아 토바를 올려다보았다. 토바는 내 해쓱한 얼굴에도 눈 깜짝 않고 대답을 기다렸다. 내가 이윽고 중얼거렸다. *나를 사랑하는 사람.* 머릿속 생각이 저도 모르게 새어 나온 것처럼 아주 작은 목소리였다. 토바는 허! 하고 차가운 웃음을 뱉었다.

“요즘은 디즈니 공주도 그런 소리 안 해.”

“……넌 몰라.”

“이 친구야, 널 구원할 수 있는 단 한 사람 같은 건 없어. 없는 걸 찾지 말고 그냥 혼자 살아.”

토바가 덧붙였다.

"'원래'도 혼자 살았다며."

『순재와 키완』의 이야기를 나는 토바에게 털어놓은 적 있었다. '원래'라는 건 그런 뜻이었다. 키완 바익이 원래 거쳐 갔을 자취. 그런 터무니없는 얘기를 곧이곧대로 믿었을 리 없는데도, 토바는 아무것도 따져 묻지 않았다. 어쨌든 내가 미래에 대단한 분이 '되셨었다'니 그녀에게도 나쁜 얘기는 아니라고 여긴 듯했다.

한편 세화는 같은 이야기를 순재에게 들었고 토바보다는 좀 더 믿었던 듯한데……. 중요한 건 그게 아니고, 그해 여름 우리가 토바의 별장에 초대되었을 때 네 사람 모두 사정을 알고 있었다는 것이 중요하다.

토바는 순재에게 내심 언짢은 마음을 품고 있었다. 아무래도 친구인 내가 매번 순재 때문에 힘들어하고 있었기 때문이다. 내가 순재를 질투하고 그러다 미안해하고 이제는 쓸쓸하다고 우는 소리를 하는데, 정작 순재는 이런 사실을 꿈에도 몰랐다. 토바는 집주인으로서 손님들에게 최고의 친절을 베풀었지만, 순재와 단둘이 남게 되자 튀어나오는 짓궂음을 억누르지 않았다.

그날 우리 넷은 정원의 파라솔 테이블에 앉아 가벼운 점심을 먹었다. 세화는 손을 씻으러 집 안에 들어갔고 나 역시 음료수를 더 가지러 가느라 자리를 뜬 참이었다. 토바는 짐짓 호쾌한 태도로 물었다.

"너라면 어땠을 것 같아?"

"응? 무슨 말이야?"

건너편에 앉은 순재가 빙긋 웃으며 되물었다.

햇볕이 뜨겁게 내리쬐는 맑은 날이었다. 산들바람이 얼굴을 스치며 더위를 쓸어 냈다.

"아니, 좀 궁금해서. 너 말이야, 너와 키완이 반대가 되는 상상을 해 본 적 있어?"

선글라스를 낀 토바가 의미심장한 웃음을 지어 보였다.

"키완을 구하기 위해 전부 포기할 수 있어? 넌 이미 성공했고 유명하고 돈도 잘 버니까 더 와닿을 것 같은데. 지금 네가 가진 자리, 눈곱만큼도 누리지 않고 버리는 거야. 어때, 차순재? 너였으면 똑같이 했겠어?"

조금도 고민해 보지 않고 "당연하지!"라고 외치면 오히려 거짓말로 비칠 질문이었다.

갑작스럽기도 했을 것이다. 순재는 쉽사리 말문을 열지 못했다.

"어…… 나는……."

그때, 저택 모퉁이에는 정원으로 나오다 말고 심상치 않은 분위기를 감지한 나와 세화가 멈춰 서 있었다. 집 안에서 열린 창 너머로 토바의 목소리를 들었을 때만 해도 나는 아무렇지 않게 "쟤는 뭐 저런 걸 물어." 하고 투덜거렸다. 하지만 순재가 대답을 망설이자 우리 쪽에도 어색한 공기가 흐르기 시작했다. 세화는 혹시나 내가 상처받을까 걱정했는지 내 얼굴을 조심스레 살폈다.

나는 토바다운 질문이라고 생각했다. 하여튼 사업가 아니랄까 봐 받은 만큼 돌려주는 문제에는 셈이 철저했다. 순재는 상상해 본 적 있을까? 어떤 답에 이르렀을까?

우리 우정을 **더** 특별하고 소중하게 여기는 건 나였다. 순재도 물론 나를 소중한 친구로 생각했다. 하지만 처음과 지금을 지나 오지 않을 미래까지, 언제나 내 마음이 더 컸다.

순재가 과연 똑같이 해 주고 싶어 할까? 그렇다고 말한대도 그게 진심일까? 순재가 피아노를 얼마나 사랑하는지 나는 알고 있었다. 순재가 나 때문에 피아노를 버린다고? 말도 안 돼…….

"나는…… 이미 키완에게 목숨을 빚졌잖아."

생각을 정리한 순재가 천천히 입을 열었다. 그러고는 "당연히." 하고 힘을 주어 대꾸했다.

"당연히 똑같이 해 주고 싶어. 그런데 그런 일이 처음부터 없었고, 내가 키완의 입장이었다고 생각해 보면…… 정말 어려운 일이야. 우리가 어른이 되어서 그런가? 정말 어려워."

순재가 덧붙였다.

"그러니까 키완이 대단한 거야. 정말 멋진 친구였어. 지금도 그래."

애정과 자랑스러움이 묻어나는 목소리였다. 만족한 토바가 맞장구치는 소리가 뒤를 이었다.

나는 저택 모퉁이에서 작은 숨을 내쉬었다. 조마조마하던 마음이 순식간에 풀어졌다. 뭉클하기도 했다.

문득, 이 정도면 충분하다는 생각이 들었다. 단 한 사람에게 받는 인정이 다른 많은 사람의 인정보다 나을 때도 있는 것이다. 외로움을 채우기 위해 누군가의 전부를 독차지할 필요도 없었다. 내 곁에 토바가 있었고, 순재가 있었다. 그리고 세화는 처음 만난 사이인데도 어쩐지 죽이 잘 맞을 것 같은 예감이 들었다.

그 순간 느낀 홀가분함을 말로 표현할 수 있을까? 오랜 시간 나를 짓눌러 왔던 조급함과 질투가, 전부 스스로 지은 감옥이고 우리였다는 사실을 나는 깨달았다. 말 한마디가 뭐라고. 웃기지도 않았다.

야망은 계속 남아 등을 밀 것이다. 덕분에 가끔 괴롭겠지. 하지만 순재는 순재였고, 나한테는 나만의 길이 있었다. 그래서……

여기까지 말하고 박사가 입을 다물었다. 이야기를 어떻게 끝맺을지 망설이는 듯했다.

필립은 당황한 기색을 내보이지 않으려 애썼다. 들으면 들을수록 필립이 생각한 것보다 이야기가 은밀하고 무거워지는 바람에

'이 얘기를 제가 들어도 되는 거 맞습니까?' '예, 맞나요?' '정말입니까?' 하고 속으로 외치고 있던 참이었다. 박사는 필립의 흔들리는 동공은 아랑곳하지 않고 다시 미주알고주알 말을 이어 갔다. 언제나처럼 냉소적인 말투였지만 이야기 속 키완처럼 삶을 미워하는 것처럼 보이지는 않았다.

박사는 허공에 작은 네모를 그리더니 그 안에 창살 세 개를 그었다.

"나는 우리 안의 범인이고……."

우리 속에 갇힌 평범한 사람. 필립은 금방 그의 뜻을 이해했다.

박사가 이번에는 검지를 빙글 돌리며 필립과 자신을 가리켰다.

"또 우리 안의 범인이기도 했지만……."

그런데 이건 무슨 뜻일까? 우리 중에서 박사가 범인이라니. 그의 이야기 속에 등장한 '홍필립'이 분명 여기에 관련돼 있으리라고, 필립은 짐작해 볼 뿐이었다.

"어쨌든 나는 쭉 살아 보기로 했습니다. 어떻게 되는지 보려고. 그냥 그뿐이에요."

그 말과 함께 박사가 걸음을 멈췄다. 필립은 그들이 어느새 트램 정류장에 다다른 것을 알아차렸다. 연구소 복도에서부터 1층의 카페, 연구소 마당, 언덕, 시내까지 이어진 긴 산책이었다. 필립의 수박 스무디 컵은 진작에 비었고 박사의 커피는 차갑게 식었다.

"우리는 강한 것 같아도 약하죠. 고작 말 한마디에 찔리기도 하고, 녹기도 하고. 마음이 이렇게 약하고 갈피를 못 잡는다면, 아, 그러면 순재도 슬플 수 있겠다는 생각이 들었습니다."

맑은 종소리가 두 번 울렸다. 트램이 정류장에 들어온다는 신호였다. 바닥을 내려다보던 박사가 고개를 들었다.

"그래, 그럼에도 슬플 수 있어. 성공, 그 모든 종류의 성공이 네 것이어도. 삶의 의미가 무엇인지 알 것 같지도, 알고 싶지도 않을 때가 온단 말이지. 그래도 늙을 수 있는 데까지 늙어 보자. 그렇게 우리는 약속했어요."

이야기는 거기서 끝이었다.

09 피아니스트 차순재

기절할 만큼 사적인 이야기를 아무렇지 않게 들려주고, 첫 만남부터 이름에 유난한 관심을 보이는 이 엉뚱한 어른들을 필립이 조금도 이상하게 여기지 않았을 거라 생각한다면 천만의 말씀이다. 박사와 교수만 이러는 게 아니었다. 순재도 똑—같았다!

필립은 트램 안에 앉아 순재와 처음 나눈 대화를 떠올렸다. 요 전날 아침, 박사가 테스트 기계를 회수하고 돌아간 후였다. 교수가 아르바이트하는 곳에 데려다주겠다고 해서 필립은 유니폼을 입고 1층으로 내려왔다. 재킷을 입은 교수가 현관 앞에서 기다리고 있었다.

둘을 배웅하려고 다가온 순재가 필립을 보더니 빙긋 웃었다.

"피아노, 배울래요? 내가 가르쳐 줄 테니까."

"네?"

당황한 필립의 입이 쩍 벌어졌다. 작곡과로 오라는 교수의 농담과는 달리, 순재의 태도는 진지하기 짝이 없었다.

"피아노를 배워 두면 분명히 악보 쓰는 데 도움이 될 거예요."

"그거야 그렇겠지만요, ……네?"

아침을 먹기 전에 가볍게 인사한 게 다인 사이였다. 그는 몸이 안 좋아져 일찍 은퇴한 피아니스트였고, 덕분에 시간이 많다며 활짝 웃었다. 은퇴한 이후로 간간이 동네 아이들과 학생들을 가르쳐 왔다고 했다. 말투는 교수처럼 나긋나긋하고 부드러웠다.

필립은 한사코 고개를 저었다. 학기 중이라 바쁜 데다가, 처음 만난 사람에게 그런 폐를 끼칠 수는 없었다.

"아니에요, 괜찮습니다! 제가 아직 건반을 두드릴 준비가 전혀 안 돼 있거든요. 우선은 혼자 기초 공부를 해야 해요!"

……라고 말한 지 어느새 몇 주가 흘러 있었고, 그동안 독학은 0에 가까운 효과를 보였다. 필립은 트램 유리창에 머리를 기대고 눈을 꼭 감았다.

사실은 그즈음, '밤에 들리는 음악'과 '무의식이 조종하는 손' 다음으로 겪고 있는 이상 현상이 하나 더 있었다. 바로 '저절로 흥얼거리는 입'이었다. 다시 말해, 필립은 이제 스스로 악상을 떠올리고 있었다. 벌건 대낮에도, 지금처럼 트램에 앉아 있을 때도.

필립의 뇌는 이제 충돌 사고 전의 상태로는 돌아갈 수 없었다.

피아노 건반 소리, 오케스트라의 합주, 혹은 하나의 아름다운 코드. 전부 전에는 필립 안에서 솟아나지 않던 것들이었다. 이것들을 악보 위에 쏟아 내고픈 마음 역시 그랬다.

거꾸로 된 세상에 떨어진 기분이었다. 아니, 세상은 그대로인데 필립이 전과 다른 사람이 되어 있었다. 음악을 더 사랑한다고 밤들음을 쓸 수 있는 게 아닌데도, 사랑하든 말든 달라지는 게 없는데도, 필립은 마음이 가는 대로 가도록 내버려두었다.

이제는 수단 방법을 가릴 때가 아니라고, 필립은 생각했다. 박사의 이야기가 필립에게 알 수 없는 의욕을 불어넣었다.

필립은 트램에서 내려 충동적으로 교수에게 전화를 걸었다. 염치 불고하고 피아니스트 선생님께 배우게 해 주십사 여쭐 요량이었다. 피아노가 아니라, 아예 음악을 가르쳐 달라고 하자. 작곡 공부를 하고 싶다고. 밤들음뿐 아니라 마음속에서 흘러나오는 모든 곡을 쓸 수 있게 해 달라고. 맹랑한 청이 되겠지만 어쩐지 교수나 순재가 거절하지 않을 거란 예감이 들었다.

"필립, 이건 내가 지어내는 말이 아니라 그이가 원래부터 작곡에 관심이 많았어. 이번에 요양에서 돌아오면 아카랑 같이 공부 모임을 하기로 했거든. 두 사람도 널 초대하고 싶어 했는데 잘됐네. 네가 끼고 싶어 한다고 전해 둘게."

핸드폰 너머에서 교수의 목소리가 흘러나왔다.

필립은 우뚝 선 채로 제 귀를 의심했다. 갑자기 작곡 모임을 만들었다고? 말이 모임이지, 초짜인 필립과 9학년인 아카샤를 순재가 죄 가르치는 모양이 될 터였다. 박사의 기계처럼, 마치 필립을 위해 준비된 것만 같은 기이한 필연성이 느껴졌다. 하지만 이번에는 우연이 아니라 교수와 순재가 일부러 마음 써 준 게 틀림없었다.

"왜…… 왜 이렇게까지 하시는 거예요?"

필립은 저도 모르게 내뱉었다. 그러고는 너무 따지듯이 물었다는 것을 깨닫고 황급히 덧붙였다.

"아니, 그게 아니라…… 처음 봤을 때부터 말이에요. 아무리 제 상황이 특별하다지만 이건 좀, 그러니까 제 생각엔, 아무 상관도 없는 저를 이렇게까지 도와주고 계시잖아요. 이건……."

당황한 나머지 이역어와 한국어가 섞여 나올 정도였다.

잠시 후, 교수가 유쾌한 목소리로 답했다.

"네 이름이 필립인 덕분에 얻는 보너스라고 생각해. 그럼 돼."

또 이름이었다. 그놈의 이름. 필립의 이름이 Phillip도 아니고 Pulyip도 아니고 피읖 발음으로 시작해 비읍으로 끝나는 Pilib이기 때문이란 얘기였다.

"그이가 박사님더러 네가 홍필립과 다른 사람이라고 핀잔했던 거 기억나니? 하지만 자기도 이름에 솔깃하긴 했을 거야. 나도 그랬는걸."

살면서 한 번도 이름 덕을 본 적이 없었으므로, 필립은 어안이 벙벙했다. Phillip으로 잘못 불리곤 하는 츠렌은 그렇다 치고, 불리는 일이 잘 없는 긴 본명도 마찬가지였다. 본명은 주로 개강 첫날, 초면의 교수에게만 불렸다. 출석을 부르다가 필립의 순서에 눈을 가늘게 뜨고 한 박자 쉬어 가거나, 망설이듯 읽어 낸 후 필립의 확인을 구하는 그들에게 "필립이라고 불러 주세요."라는 말만 하면 그다음부터 그녀는 필립이었다. 가끔 "필립(Phillip)?"이라고 되묻는 사람이 있긴 했다.

대체 그 홍필립이 누구인지, 순재와 박사에게 정확히 무슨 사연이 있는지, 필립은 솔직히 말해서 조금만 궁금하고 그보다 훨씬 더 많이 궁금하지 않았다. 동명이인 덕분에 자기가 분에 넘치는 호의를 얻는다는데 과거가 다 무슨 상관이랴. 필립은 더 이상 묻지 않고 감사 인사와 함께 전화를 끊었다.

다음 날, 순재에게 모임 날을 잡자는 연락이 왔다. 필립은 마침 친구 나예와 저녁을 먹고 있었다. 움츠린 어깨로 두 손 공손하게 핸드폰을 잡고 문자를 올리는 필립에게 나예가 무슨 일이냐고 물었다. 필립이 상황을 설명하니 나예의 눈이 휘둥그레졌다.

"차순재? 피아니스트 차순재라고?"

"어? 알아?"

첼리스트를 지망하는 동생이 있다곤 해도, 나예가 순재를 알고 있는 건 의외였다.

"유, 유명한 분이야?"

필립은 갑자기 "그게 누군데요?"라고 물었던 지난날의 자신이 떠올라 어깨를 한층 더 수그렸다.

"옛날에 큰 콩쿠르에서 상도 받았던 사람이야. 유명한 편이지. 근데 요즘은 활동 안 할걸."

그 이유를 아는 필립이 넋이 나간 얼굴로 고개를 끄덕였다.

"어어……."

"근데 그 사람한테 작곡을 배울 거라고? 그것도 무료로? 대체 어쩌다? 아니, 왜?"

나예가 속사포처럼 캐물었다.

"나, 나도 몰라……."

그걸 설명하려면 『순재와 키완』 한 권과 『순.평.필』 여덟 장 정도의 분량이 필요했기 때문에 필립은 대답을 얼버무렸다.

어쨌든 이런 반응을 보인 건 나예뿐이 아니었다. 영상 통화로 소식을 전하자 필립의 부모님도 우아, 하고 환호성을 질렀다.

"사인 받아, 사인!"

"엄마 아빠도 알아?"

"이름은 들어 봤지! 옛날에 저기, 무슨 상 받지 않았나?"

"어어……."

이쯤 되니 필립만 몰랐던 듯해서, 필립은 마침내 인터넷에 순재의 이름을 검색해 봤다.

차순재, 피아니스트. 이런저런 기사와 함께 한창 활동하던 시절의 사진이 올라와 있었다. 사진 속 순재는 지금보다 젊어 보였다. 특히 콩쿠르에 나갔을 때의 사진이 많았다. 검은 양복 차림으로 연주에 몹시 열중하고 있는 모습이었다.

'공부 모임'은 매주 토요일 오전으로 정해졌다. 토요일의 순재는 기사 사진과는 달리 편한 일상복 차림에 부스스한 머리를 하고 있었고, 표정도 훨씬 서글서글했다. 그는 응접실 피아노 옆에 긴 간이 테이블을 놓고 거기에 아카샤와 필립을 앉게 했다.

수업, 아니, '공부 모임'에서 그들은 함께 작곡 이론 교재를 읽었다. 주로 순재가 피아노를 뚱땅거리며 부연하면 아카샤와 필립이 열심히 받아 적는 식이었다. 청음 훈련을 하기도 하고, 각자 만들어 온 짧은 곡을 순재는 피아노로, 아카샤와 필립은 프로그램으로 들려주며 의견을 나누기도 했다. 필립은 입으로 흥얼거리던 곡조들을 멜로디만 겨우 입력해 오는 정도였지만, 순재와 아카샤는 늘 감탄하며 좋은 곡이라고 말해 주었다.

필립은 이 모임에 오는 것이 아주 신나고 즐거웠다. 하지만 복잡한 이론 얘기가 나오면 고개를 갸웃갸웃하다가 끝내 위아래로 까닥까닥 흔들게 되는 버릇만은 어쩔 수가 없었다. 옆에 앉은 아카도 처지는 비슷했다. 순재의 설명에 엇박자로 고갯장단을 맞추다가 옆을 보면, 그 애의 두 눈이 당당하게 감겨 있어 웃음이 터진 적이 한두 번이 아니었다.

그럴 때마다 순재는 잠시 흥미로운 이야기로 화제를 돌렸다. 어떤 곡에 숨겨진 비화라든지, 클래식 음악사의 대사건들, 한창 활동할 적에 순재가 겪은 신기한 경험을 듣다 보면 두 사람의 눈빛에 차츰 생기가 돌곤 했다.

그러다 한번은 아카샤가 "숙모랑 어떻게 만났는지 얘기해 주세요." 하고 장난치듯 외쳤다.

"아, 우리 교수님?"

순재는 웃으면서 피아노 건반 위를 손가락으로 슥 훑었다.

"같은 도시에서 공부하다가 알게 됐지. 몇 안 되는 한국인 음악가들끼리는 금방 안면을 트게 되거든. 그러다 같은 콩쿠르에도 나갔었고……."

"그러다가요?"

"그러다가……."

아카샤와 필립의 눈이 언제 졸았냐는 듯 반짝이고 있었다. 순재는 시선을 벽시계로 돌리더니, “어이쿠, 시간이 벌써 이렇게 됐네.” 하면서 자리에서 일어섰다. 언제나처럼 모임의 끝을 알리는 신호였다.

시간이 더 있었대도 순재는 그 이상을 말하지 않았을 테다. 어떤 기억은 너무 소중해서 꽁꽁 숨겨 두고 혼자만 꺼내서 봐야 하니까. 말로 뱉는 순간에 조금이라도 그 무게와 의미가 증발하지 않기를 그가 바랐으니까.

하지만 명색이 전편 주인공인데, 순재 얘기도 좀 해야 하지 않겠어?

8장에서 우리는 『순재와 키완』 이후에 키완이 어떻게 지냈는지 알게 됐다. 슬슬 순재 차례다.

10 저주받은 콩쿠르

𝄞

한 가지 말해 둘 건, 순재가 원래부터 일정량의 슬픔을 타고났다는 사실이다. 어릴 적부터 눈물이 많고 감성적인 아이였다. 죽음을 피해 열 살 생일을 넘긴 사건은 순재를 다른 사람으로 바꿔 놓지 않았다. 조금 더 깊은 슬픔 속에 빠뜨렸을 뿐이다.

사춘기를 지나면서, 순재는 사건에 다른 시점이 존재한다는 걸 깨달았다. 키완이 그랬듯 순재 역시 너무 많이 알았다.

결국 가장 큰 피해를 본 건 홍필립이었다고 순재는 생각했다. 있었다가 없어져 버리다니. 그 애는 생김새로 보나 목소리로 보나 감쪽같은 사람 아이였다. 친구들과 뛰어놀던 모습이나 박사에게 잘하라며 화를 내던 동그란 얼굴을 종종 떠올렸다. 어쩌면 그 애는…… 아니, 그 애에게 마음이란 게 있었는지 없었는지조차 모르는데 고민이 다 무슨 소용일까? 그 애 마음이 어땠는지 누가 알겠어.

순재는 또한 '자리'에 대해 생각했다. 지구 위에서 숨을 쉬고 움직이는 그가 홍필립 대신 차지하고 있는 자리. 살아 있기 때문에 끼치는 영향들. 자신의 생존이 어떤 나쁜 결과로 이어지지 않기를 바랐고, 흔적을 남기는 일을 극도로 꺼렸다. 그래서 그가 꾸린 좁은 세상에는 대체로 그와 피아노 둘뿐이었다.

피아노는 계속 쳤다. 키완이 미래에서 보낸 오르골 안에서 순재가 피아노를 치고 있었으니까. 어찌 됐든 피아노를 치긴 치나 보다, 쳐도 괜찮나 보다, 하고 마음을 놓을 수 있었다. 소리가 나지 않는 오르골 안을 오래오래 들여다보면서, 바뀐 미래의 키완이 담았을 음악을 상상하려고 애써 보기도 했다. 하지만 무슨 음악이 담겨 있든, 아니면 담겨 있지 않든, 순재에게 무엇보다 중요한 건 그 안의 작은 사람이 피아노 앞에 앉아 있다는 사실이었다. 그건 키완이 보낸 무언의 편지였다. 모든 것이 불투명하고 희뿌연 삶 속에서 순재가 붙들 수 있었던 단 하나의 깨끗한 거울.

예민한 감수성이 그를 괴롭게도 하고 돕기도 했다. 도움이 되는 건 주로 피아노 실력을 두고 남과 경쟁하는 자리에서였다. 순재의 연주는 눈에 띄었다. 덕분에 점점 더 큰 무대로 향할수록 어깨를 누르는 죄책감도 무거워졌다.

대회에서 좋은 성적을 내기 위해 다른 아이들이 어떤 노력을 쏟는지, 얼마나 간절히 수상을 바라는지 순재는 알고 있었다. 똑같이 상을 노렸고 노력도 했지만, 그럼에도 바꿀 수 없는 어떤 사실이 순재를 불편하게 했다. 그러니까, 자기가 존재하지 않는 미래가 있었고, 순재가 받는 상이 '원래는' 다른 사람 차지였을 거라는 사실.

피아노뿐만이 아니었다. 살면서 자연스럽게 얻은 것들을 두고 순재는 자신의 자격을 일일이 의심했다. 가져도 될까? 해도 괜찮을까? 원하는 대로 살아도 누군가에게 해가 되진 않을까?

그래도 피아노는 계속 쳤다. 괴로움을 안고 꿋꿋이 나아갔다. 스물다섯 살에 순재는 이역만리의 국제 콩쿠르에서 2위에 입상했다.

기묘한 일이 벌어지기 시작한 건 그로부터 몇 개월 뒤였다. 순재와 같이 상을 받은 사람들이 줄줄이 구설수에 올랐다. 유명인 남자친구와 파혼한 사람부터 시작해서 숙소에 도둑이 침입해 호되게 털린 사람, 거대한 비리 스캔들에 연루된 사람, 마약 소지 및 밀수로 체포된 사람……. 각자 참여한 부문이 다르고 순위도 다양하지만 모두 같은 콩쿠르 출신이었다. 음악계에 소문이 퍼지고 퍼져 급기야는 '저주받은 콩쿠르'라는 제목의 기사가 등장했다.

뒤이어 피아노 부문에서 아슬아슬하게 상을 받지 못한 사람이 목숨을 버리려 했다는 소식이 들려왔다. 자세한 사정은 알 수 없었지만 순재를 무너뜨리기엔 충분했다.

이미 너무 많은 것들이 순재를 짓누르고 있었다. 기억은 자꾸만 과거로 돌아가고, 마음은 세상에서 자리를 찾지 못했다. 큰 충격에 빠진 순재는 이 모든 일이 자기 탓이라고 느꼈다. '역시나' 자기가 살아 있는 바람에 다른 사람들이 불행해지고 있다고.

한바탕 소동이 벌어지고, 은재는 7장의 마지막 장면대로 키완에게 전화를 걸었다.

콩쿠르 참가자 중 두 명이 어두운 충동에 휩쓸리고, 둘은 무언가를 잃고, 둘은 경찰 조사를 받았다. 말 얹기 좋아하는 사람들이 둘씩 맞아떨어지는 것조차 오싹하다느니, 진짜 저주 같다느니 하며 더욱 시끄럽게 떠들었다.

세화는 작곡 부문 우승자이자 '유명인과 파혼한 사람'이었다. 그리고 이즈음 화가 머리 끝까지 나 있었다. 파혼이 세화 탓이고, 세화한테 문제가 있다는 등의 이야기가 인터넷에 퍼지고 있었기 때문이다. 근거라고는 '결혼을 하더라도 아이를 낳을 생각은 없다'고 지나가듯 말한 무려 6년 전의 인터뷰 조각이 다였다. SNS 댓글과 DM, 인터넷 게시물, 주변의 소문 같은 직접적인 타격이 세화에게 가해졌다. 끈기 있게 쌓아 온 명예가 터무니없이 흔들리고 있었다. 세화의 가족들은 그 콩쿠르에 나가지 말았어야 했다고, 정말 저주라도 받은 듯하다며 한탄했다.

세화는 "저주는 무슨, 웃기시네!" 하고 코웃음을 쳤다. 그러고는 자기 명예를 훼손한 녀석들을 고소하기 위해 변호사를 찾아갔다. 이 '저주'에 억울하게 엮인 몇몇 사람에게도 연락을 돌렸다. 삶에 힘든 일이 좀 생겼기로서니 범죄자들과 한데 묶여 입에 오르내리는 게 억울하지 않냐고, 함께 조치를 취하지 않겠냐고 설득할 셈이었다.

세화는 콩쿠르 전부터 구면이었던 순재를 가장 먼저 찾아갔다. 그런데 그가 돌연 눈물을 쏟아서 세화는 몹시 당황했다.

"미안, 이게 다 나 때문이야."

"무슨 소리야, 내가 내 결혼을 취소한 게 어떻게 너 때문이 돼?"

순재는 세화에게 그의 어릴 적 이야기를 털어놓았다. 터무니없다고 느껴질 그 이야기를 끝까지 듣고 난 뒤에 세화가 말했다.

"이 저주는 네가 건 게 아니야. 남의 불행을 두고 험담하기 좋아하는 사람들이 건 거지."

"다 나 때문이라니까……."

"그보다 요즘 세상에 저주가 웬 말이야? 우린 그냥 사생활을 침해받은 평범한 음악가들이잖아."

"내가 운명을 거슬러서 불행이 닥친 거야……."

"아, 얘 말로는 안 되겠네."

그래서 세화는 순재를 데리고 가짜 저주를 파헤치러 나섰다. 콩쿠르에 참가한 여섯 명이 무슨 일을 겪었든 그건 납득할 수 없는 초자연적 현상 때문이 아니었다. 그리고 순재 때문은 더더욱 아니었다. 세화는 그걸 똑똑히 보여 주고 싶어 했다.

둘은 먼저 마당발로 소문난 세화의 음악가 친구를 찾아갔다. 마오리계인 그녀는 마침 다른 음악가 친구들과 식당에서 점심을 먹고 있었다. 음악가들은 순재와 세화를 떠들썩하게 반기며 테이블에 앉혔다. 질문 하나를 던질 때마다 왁자지껄한 대화가 꼬리에 꼬리를 물었다. 활기찬 그들이 배불리 먹고 식당을 떠날 즈음엔 필요한 이야기를 모두 들은 후였다.

요약하자면 이랬다. 비리에 연루된 집안은 원래부터 이 바닥에 소문이 자자했으며 마약사범으로 체포된 다른 사람은 파티 때마다 수상한 행동거지를 보인 적이 한두 번이 아니라는 것. 저주는커녕 조금도 놀랍지 않은 결과라고, 순재와 세화가 그들과 한 세트처럼 거론되니 어처구니가 없다는 이야기였다.

그다음에 둘은 콩쿠르의 운영위원 중 한 명을 만나러 갔다. 남아공 출신인 그는 단호한 목소리로 콩쿠르 자체는 아무런 문제없이 매우 성공적으로 개최되었다고 말했다.

"기사를 봤겠지만 운영위원회는 사회적 물의를 빚은 두 참가자의 수상 취소를 고려하고 있어요. 이번 주 내에 결정을 내릴 겁니다. 물론 세화 씨와 순재 씨를 포함한 다른 참가자들의 사생활은, 누가 뭐라고 말하든 우리 콩쿠르와 조금도 관련이 없어요. 작년의 콩쿠르가 성공적일 수 있었던 건 세화 씨의 작품과 순재 씨의 연주가 있었기 때문이에요."

운영위원은 두 사람을 사무실 밖으로 배웅하면서 악수를 건넸다.

"흔들리지 말고 계속 나아가세요."

둘은 길가에 주차해 놓은 세화의 차로 돌아갔다. 세화는 '숙소에 도둑이 든 에스토니아 사람'에게 전화를 걸었다. 옆에 앉은 순재도 들을 수 있게 스피커폰을 켰다. 그 바이올리니스트는 자기도 추잡한 인간들과 한패 취급당해 기분이 나쁘다며 수화기 너머에서 열을 올렸다.

"가뜩이나 뒤숭숭해 죽겠는데 동네 구경난 것처럼 떠드는 것들은 뭐야? 자다가 도둑 만난 사람 처음 본대?"

"내 말이 그 말이야."

세화가 말했다.

바이올리니스트의 하소연에 따르면 절도 사건은 외국 여행 중에 벌어졌다. 도둑이 드나들기 딱 좋은 쪽문이 있었고, 잠금장치는 바깥에서도 쉽게 열려 무용지물이었다. 일이 터지고 나서야 전에도 도둑이 든 적 있는 숙소였다는 걸 알게 됐다.

순재가 아무도 다치지 않아 다행이라고 위로를 건네자 바이올리니스트는 "너야말로 이제 괜찮아?" 하고 물었다. 순재는 머뭇거리다가 "우울증 치료를 받기로 했어. 천천히 나아지겠지. 천천히……."라고 답했다.

가라앉은 분위기 속에 세화가 또박또박 물었다.

"네가 겪은 일이 순재 탓이라고 생각해?"

바이올리니스트는 "엥? 순재가 도둑놈 우두머리라도 돼?" 하면서 폭소를 터뜨렸다.

"누구 탓을 하겠어. 살면서 한 번은 겪을 일이었다면 여행 가방 하나로 싸게 먹혔지, 뭐. 공연 일정 중에 바이올린이 털렸다고 생각해 봐."

세 사람은 목덜미가 서늘해지는 걸 느끼며 후후 웃었다.

어느덧 늦은 오후였다. 순재는 이 통화가 그날의 마지막 일정이 되리라 짐작했다. 하지만 전화를 끊은 세화는 마지막으로 한 군데만 더 들르자면서 옆 도시로 차를 몰았다.

"오늘 아무 때나 가겠다고 해 놨거든."

이번엔 누구냐고 물었더니 저주에 엮인 또 다른 피아니스트의 이름이 돌아왔다.

그의 집 현관에 들어서면서 순재는 손을 살짝 떨었다.

'원래는…… 원래는 상을 받고 행복했을 사람이었는지도 몰라.'

순재가 없는 세상에서 그가 순위권에 드는 모습이 눈에 선했다. 순재는 다른 사람은 몰라도 이 사람이 괴로운 것만큼은 자기 탓이라고 여겼다. 혹시나 자신을 향한 눈길에 원망이 담겨 있을까 봐 고개를 들기가 두려울 정도였다.

피아니스트의 거실은 햇빛이 잘 들지 않아 싸늘한 냉기가 맴돌았다. 그는 샛노란 스탠드를 켜고 두 사람을 푹 꺼진 검은 소파로 안내했다. 세화와 피아니스트가 열띤 대화를 나누는 동안 순재는 입을 열지 않았다.

피아니스트의 건강에 대한 이야기, 그들을 둘러싼 음악계의 유언비어들, 그리고 그날 순재와 세화가 만난 사람들의 이야기가 오갔다. 피아니스트는 허심탄회하게 자신의 신세를 털어놓았다.

그런데 이게 웬걸, 가만히 들어 보니 그는 애인의 이별 통보를 견디지 못한 치정극의 주인공이었다. 불건전한 관계인 데다 돈 문제까지 얽혀 있어 극심한 스트레스를 받은 듯했다.

"근데 사람들은 내가 콩쿠르에 떨어져서 그런 줄 아는 거야. 덕분에 애인 얘기를 숨길 수 있었지만, 그놈의 콩쿠르 때문에 괜히 소문만 퍼지고……."

피아니스트는 "콩쿠르 성적 따위가 뭐가 중요해? 그 사람이 날 보러 오지 않는데." 하면서 울먹였다. 순재는 놀란 눈으로 고개를 들었다. 그의 연애 생활은 방금 들은 바 그다지 도덕적이지 못했고 이별에 대한 그의 태도 역시 바람직함과는 거리가 멀어 보였다. 그런데도 그가 서럽다는 듯이 목소리를 떨어서, 피아노 따위는 상관 없다는 듯이 말해서 순재는 문득 얼떨떨해졌다.

피아니스트의 사연이 상상한 것과 전혀 달라 순재는 그제야 자신의 머릿속을 의심했다. 그동안 너무 혼자만의 생각에 빠져 있었나? 어쩌면 세상은 순재의 최악의 상상대로 돌아가는 곳이 아닐지도 몰랐다.

순재는 피아니스트에게 자기 상담사의 연락처를 알려 줬다. 어쩌다 보니 서로의 번호를 교환하고, 같이 마음의 병을 앓는 처지에 연락하고 지내자는 약속을 했다.

해 질 무렵 그 집을 나설 때는, 세 사람 다 마음이 한결 가벼워져 있었다.

"이제 집에 갈까?"

세화가 씩 웃으며 차 문을 열었다.

돌아가는 길에는 라디오에서 흐르는 클래식 음악 소리가 차 안을 채웠다. 순재는 조수석에 앉아 점점 가까워지는 도시의 빌딩숲을 멍하니 응시했다. 수많은 창들이 석양 속에 매끈하고 불그스름하게 번쩍이고 있었다. 긴 하루 동안 세화의 사연은 듣지 못했다는 사실이 떠올랐는데, 마치 그 생각을 읽은 것처럼 세화가 입을 열었다.

"아이 없이 살기로 했었거든. 근데 날짜를 잡으니까 그쪽에서 말이 바뀌더라고."

"그래서 헤어졌어?"

"별수 있나."

신호에 잠시 멈췄던 차가 다시 출발했다. 불타는 듯한 노을빛에 순재의 얼굴도 붉고 노랗게 빛났다.

"난 말이야, 이상한 두려움 같은 게 있어서 세상에 흔적을 남기는 걸 꺼리거든."

순재가 중얼거리듯 말을 꺼냈다.

"그래?"

난데없는 고백이었지만 세화는 대수롭지 않게 받았다.

"처음에는 내 사소한 행동이 나비효과를 일으킬까 봐 무서웠던 건데, 계속 신경 쓰다 보니까 이게 인생의 신조처럼 되어 버렸어."

"그렇구나."

"존재감 없이 사는 게 신조라니, 너무 겁쟁이 같지?"

그 말에 세화가 눈에 힘을 주면서 미간을 좁혔다. 도로 저편을 확인하려는 듯도 하고, 순재의 말을 진지하게 되새기는 듯도 했다.

"아니, 좋은데? 특히 환경적으로."

"환경적으로?"

의외의 대답에 순재는 피식 웃었다.

그러고 나서 세화는 쓰레기와 탄소 배출과 온난화에 대한 짧은 연설을 늘어놓았다. 연설이 끝날 때쯤 순재의 심장은 콩닥콩닥 뛰고 있었다.

세화는 잔잔하고 단단한 사람이었다. 이날로부터 십수 년이 흘러 순재의 몸에 이상이 발견됐을 때, 둘은 삶의 얄궂음을 뼈저리게 느꼈다. 하필 모든 게 안정되기 시작한 지금이라니. 순재는 울고 싶어졌다. 눈물은 언제나 그의 친구였는데, 앞으로도 곁을 떠날 일이 없을 성싶었다.

세화는 그런 순재의 턱을 쓸면서 씁쓸하게 웃었다.

"삶이 그렇지, 뭐. 그 변덕에 맞춰서 우리가 시시각각 변해 가며 사는 거지."

그런 일상 속에, 삶의 변덕에 맞춰 가는 날들 사이에 '피아노를 배우려는 필립'이 불쑥 나타난 것이다. 마치 순재가 남겨도 되는 유산처럼.

순재가 기억하는 어떤 순간 속에, 아홉 살 순재와 친구들은 체육관 무대 위의 피아노 앞에 옹기종기 앉아 있다. 여러 개의 손이 제각기 다른 노래를 뚱땅거린다. 뒤에서 "너도 피아노 칠 줄 알아?" 묻는 소리가 들리고 곧바로 홍필립의 목소리가 "응." 하고 답한다. 순재는 신기한 듯이 돌아본다.

"그럼 너도 한번 쳐 봐." 하고 누군가 말한다.

"싫어."

"왜? 보여 줘, 필립아!"

"피아노는 차순재나 실컷 치라 해."

순재와 홍필립의 눈이 마주친다. 눈싸움에서 지는 건 언제나 순재였는데, 놀랍게도 홍필립이 먼저 고개를 돌린다. 그 애는 무대 밑으로 내려가 버린다. 피아노로부터 멀리.

어른이 된 순재는 뒤늦게 이날의 의미를 깨닫는다. 피아노 연주는 박사가 순재를 본떠 탑재한 기능일 뿐, 홍필립이 원해서 배운 게 아니라는 걸. 복제품이라는 걸 확인받고 싶지 않았던 그 애가 순재 앞에서 실수 없는 실력을 뽐내기를 거부했음을.

대학생 필립이 냉큼 피아노 앞에 앉을 때마다 순재는 묘한 감정에 휩싸인다. 손가락을 노려보다시피 하면서 서툰 연주를 선보이는 필립. 그래도 피아노를 사랑하는 필립. 순재가 도와줄 수 있도록, 곁에 존재하는 필립.

순재는 아닌 척했지만 사실 키완보다도 더 이 애를 없어진 홍필립 대신으로 생각했다. 하지만 사려 깊은 어른으로서, 이 사실을 죽는 날까지 숨겼다.

11 필립이 날벼락을 맞은 사연

𝄞

공부 모임을 가장한 순재의 수업은 여러 달째 순조롭게 진행됐다. 그리고 필립에게는 이 공부가 언젠가 출시될 박사의 기계를 제대로 써먹기 위한 포석이었다. 그 기계만 있으면 이제 밤들음뿐 아니라 떠오르는 어떤 곡이든 쓸 수 있을 터였다. 지금으로서는 창작한 멜로디에 겨우 코드를 입히거나 베이스 악기를 추가하는 게 고작이었지만 실험 데이터를 모으는 단계가 끝난 이후로, 필립은 박사에게 다음 소식이 오기만을 기다렸다.

그러던 어느 토요일이었다. 공부 모임 중에 방문한 박사가 청천벽력 같은 선언을 했다.

"연구가 중단됐습니다. 아니, 곧 그렇게 될 겁니다."

필립은 옆에 아카샤가 앉아 있는 것도 잊고 새된 비명을 질렀다.

"왜, 왜요, 박사님? 저는 어쩌고요?"

"그걸 말해 주려고 여기까지 온 거야?"

피아노 앞에 앉아 있던 순재가 눈을 동그랗게 떴다.

박사가 굳은 얼굴로 고개를 끄덕였다.

"그러니까 두 사람 다 앞으로는 알아서 열심히 해. 이제는 내가 도와줄 수 없어."

"박사님, 잠시만요! 박사님!"

"이렇게 모여서 공부하는 모습 아주 보기 좋아. 내가 말하는 게 바로 이거야."

농담인지 진담인지 모를 말을 던지면서, 박사는 등을 돌려 떠나 버렸다.

순재와 필립, 그리고 아카샤까지 모두 어리둥절한 얼굴이 되어 서로를 바라봤다. 재미있는 건, 박사가 난입하기 직전에 이들이 이 사태와 꽤나 관련된 이야기를 나누고 있었다는 점이다.

이로부터 5분 전, 이들은 잠도 깰 겸 장안의 화제인 어떤 로봇에 대해 이야기하고 있었다. 그 로봇은 해외 모 기업이 개발한 최신 안드로이드로 홍보차 이역만리를 방문해 여러 일정을 소화하는 중이었다. 로봇의 움직임은 다소 뻣뻣하고 어설펐지만, 대화 능력만큼은 몹시 훌륭해 그의 말 한마디 한마디가 그날의 놓칠 수 없는 화젯거리가 되었다. 최근 인공 지능 분야에 엄청난 발전이 이루어지고 있다더니 과연 사실인 듯했다. 그는 어떤 주제에

서든 뛰어난 언변과 지식을 뽐냈고, 목소리도 아주 인간적이었다.

필립이 문득 "선생님, 언젠가 사람과 똑같은 로봇이 발명되면 어떻게 될까요?" 하고 물었다.

"덕분에 내가 음악을 하겠지. 너도 음악을 하고."라는 엉뚱한 답이 돌아왔다. 필립은 눈썹을 비뚜름하게 추켜올리면서 "그런……가요?" 하고 되물었다. 순재는 빙그레 웃을 뿐이었다. 그다음 들이닥친 것이 박사였다.

이 로봇에 대한 뉴스는 여러 사람에게 영향을 미쳤다. 예를 들어, 한국의 어떤 홍씨 여자아이는 이 로봇을 보고 인공지능 학과에 가기로 마음먹는데, 그건 여기서 그리 중요한 얘긴 아니고…… 우리는 토바 얘기를 해 보자. 토바가 뉴스를 보고 인내심을 잃은 얘기.

우선 토바를 언짢게 한 건 경쟁 회사의 발명품이 승승장구하고 있기 때문이 아니었다. 키완의 연구도 나름의 성과를 보이고 있었고 결과를 기대할 만했다. 문제는 그다음 단계였다. 머릿속의 음악을 악보로 옮겨 주는 기계라니. 이걸 상품화해도 수익이 남겠느냐고, 토바는 새삼 곱씹었다. 세상의 작곡가 인구가 전체의 1퍼센트나 될까? 자기가 악보를 그리면 되는 걸, 굳이 비싼 돈을 주고 이런 기계를 살 사람은 또 그중에 얼마나 될까? 아무리 생각해도 상품을 개발하는 비용만 더 들 판이었다.

'이건 뭐, 누구 좋으라고 하는 연구인지…….'

결국 토바는 더 투자하기에는 회사의 돈과 키완의 재능이 아깝다는 결론에 이르렀다. 이 결론을 키완에게 전화로 전달하는 과정에서 둘은 약간의 말다툼을 했다.

"그래, 네가 하는 연구도 충분히 의미 있어. 하지만 회사에서 이 이상 책임지기는 어렵다는 얘기야, 키완. 누구는 땅 파서 장사하는 줄 알아?"

"그렇게 장사하는 거 아니었어? 건설업으로 번 돈이 얼마야, 너희 회사가."

"……막돼 먹은 자식."

토바가 몇 가지 욕설을 원주민어로 중얼거렸다. 이역만리 사람들은 예로부터 땅을 어머니처럼 소중히 여겨 왔다. 누구나 언젠가는 흙으로 돌아가는 땅의 아이였으므로, '땅 파서 장사한다'는 말은 모욕과도 같았다. 스스로 농담하는 것과 다른 사람에게서 같은 말을 듣는 것에는 크나큰 차이가 있었다.

"나보고 이제 어쩌라는 건데?"

키완이 물었다.

"음악 대신 생각을 읽는 기계 같은 걸 만들어 보든가."

"뭐?"

이번에는 키완의 가슴이 철렁였다. 토바가 땅의 아이라면 키완은 두 인권운동가의 아이였다.

"네 윤리적 기준은 대체 어디다 버렸어?"

"무슨 소리, 수많은 사람을 도울 수 있는 일이야."

"토바, 이 문제에 대해서는 아직 충분한 학계의 논의가……."

"그런 거 말고, 네가 만들 수 있는지 없는지만 말해 봐."

"나는 그쪽 분야에 관심도 없을뿐더러……."

"머릿속 음악을 읽는 기계보다는 훨씬 많은 곳에 팔 수 있을 것 같아, 안 그래?"

막무가내인 토바를 설득할 수 있는 방법은 한 가지였다.

"……돈이 되는 다른 연구 주제를 생각해 볼게. 시간을 줘."

"좋아, 기대하지."

그냥 던져 본 말이었는지, 아니면 원하는 대답을 끌어내기 위한 수법이었는지, 토바는 순순히 전화를 끊었다.

한편, 낙동강 오리알 신세가 된 필립은 2학기 내내 박사의 얼굴을 코빼기도 보지 못했다. 연구라는 연결 고리가 끊어졌으니 당연한 일이었다.

그러다 12월의 어느 주말, 손님이 바글바글한 교수의 집에서 둘은 마주쳤다. 크리스마스 파티 겸 순재의 건강 회복을 축하하는 자리였다. 필립이 아카샤 옆에 꼭 붙어 이듬해 있을 N7N의 콘서트에 대해 재잘거리는데, 낯선 얼굴들 사이로 박사가 나타났다. 필립과 아카샤처럼 그의 손에도 과일 펀치가 든 컵이 들려 있었다.

"요즘은 어떻게 지냅니까?"

박사가 인사를 건네며 물었다. 필립은 마지막 기말 에세이를 전날 막 제출했다고 답했다. 사소한 불평도 조금 곁들였다.

표절 검사 사이트를 통해서 제출해야 하는 과제였는데, 학생들이 전부 같은 주제로 비슷한 이야기를 쓰고, 비슷한 논문을 인용하다 보니 유사도가 70퍼센트를 넘더라는 얘기였다.

"74퍼센트라니, 말이 돼요? 숫자 보고 심장이 떨어질 뻔했다니까요. 이대로 내도 되는 건가 한참 고민하고……."

"아, 그 사이트. 나도 학교 숙제 할 때 한 번 써 본 적 있어."

아카샤가 말했다.

"9학년 때부터 이걸 쓴다고?"

놀란 표정을 짓는 박사를 보고 필립이 장난스럽게 물었다.

"박사님이 학교 다닐 땐 이런 거 없었죠?"

"없었죠……."

추억에 젖은 목소리로 중얼거리던 그때, 어떤 발상이 박사의 머리를 스쳤다. 박사는 "앗!" 하고 외치며 관자놀이에 손을 얹었다. 이 새로운 생각을 이어 나갈 어딘가 조용한 곳이 필요했다. 다음 순간, 그는 손님들 사이를 요리조리 빠져나가 밖으로 향하고 있었다. 당황한 필립과 아카샤를 뒤에 남겨 두고서.

"뭐지?"

"크리스마스 선물 갖고 오는 거 까먹으셨나 봐."

아카샤가 키득키득 웃었다.

"방금 나간 거 키완 삼촌이었니?"

다른 손님들과 이야기하고 있던 순재가 물었다.

둘은 그렇다고 대답했다. 무슨 일인지는 몰라도 급하게 뛰어나가더라고. 순재는 "집에 뭘 놓고 왔나?" 하며 눈썹을 찡긋 추켜올렸다. 아카샤가 자기도 같은 말을 했다며 웃는데, 이번에는 교수가 뒤에서 나타났다.

"필립, 널 만나고 싶다는 사람이 있어."

"저요?"

필립은 눈을 껌벅였다.

"그래요? 누가요? 왜죠?"

교수는 필립의 등을 살포시 감싸더니 응접실 쪽으로 이끌었다.

"콘트라베이스 케이스에 부딪혔다고 했지?"

"아, 저요? 네."

"그 케이스 주인이 오늘 왔거든."

필립은 저도 모르게 숨을 삼켰다.

"교수님은 참 발도 넓으시네요!"

그 말에 교수가 껄껄 웃었다.

콘트라베이스 연주자는 교수 또래의 아일랜드계 여자였다. 그녀는 필립의 안부를 물었고, 필립은 케이스의 안부를 물었다. 둘 다 잘 지내고 있다는 걸 확인한 후에, 베이시스트는 필립이 그즈음 쓰고 있다는 피아노 연주곡들에 관심을 보였다. 교수가 이래저래 귀띔한 모양이었다. 필립이 머리를 부딪힌 이후로 갑자기 작곡에 눈을 떴다는 이야기도 그녀는 알고 있었다. 끈질긴 권유에 못 이겨 필립은 응접실 피아노로 자작곡 중 하나를 선보였다. 연주가 끝나자 주변에 있던 손님들 몇몇이 박수를 보냈다.

"한 가지는 확실히 알겠네요."

베이시스트는 환하게 웃으며 필립의 어깨에 손을 얹었다.

"이런 아름다운 음악을 내 악기 케이스가 만들어 냈을 리 없어요."

"……감사합니다."

필립은 어색한 미소와 함께 가능한 한 예의 바르게 꽁무니를 뺐다. 가볍게 박수 친 사람들도, 베이시스트도 알 리 없었다. 필립이 난생처음으로 자작곡을 공개한 참이라는 걸! 필립의 가슴이 두근대고 있었다는 것도.

그건 밤들음이 한바탕 지나가고 난 후의 두근거림과는 달랐다. 심장에 활기를 불어넣는 힘을, 벼락에 맞은 듯이 머리털이 곤두서는 찌릿한 기분을, 필립은 그날 처음으로 느꼈다. 박사가 20분 전에 대문을 박차고 나선 것처럼, 필립도 이 순간부터는 어떤 멀고 험난한 여정을 떠나야만 했다.

필립은 작곡가가 되기로 결심했다.

이듬해, 박사와 교수의 공동 연구 논문이 발표됐다. 뇌공학 연구소와 이역대학교 음대 연구팀이 머릿속의 '간단한 음악'을 읽어 내는 데 성공했지만, 이 기술을 실용화하려면 앞으로 더 많은 연구가 필요하다는 것이 그 결론이었다.

박사는 공동 연구를 마무리 짓자마자 새로운 프로젝트에 뛰어들었고, 얼마나 바빠졌는지 필립은 그해 단 한 번도 박사를 보지 못했다. 필립이 일주일에 몇 번이나 교수의 집을 드나들었는데도 말이다.

교수의 집에서 뭘 했냐고? 그야 순재에게 작곡 수업을 받고 속성으로 피아노를 배웠다. 11월에 열리는 작곡과 오디션과 포트폴리오 준비를 위해서였다.

이 시기 교수의 집은 늘 북적북적했다. 필립 외에도 대회를 앞뒀다는 교수의 제자나, 손님방에 머무는 외국인 음악가들, 근처

사는 아카샤 등이 출몰하곤 했다. 순재가 가르치는 학생들이 오갔고, 음악가 모임이 격주로 열렸다. 아카샤는 마치 순재 삼촌이 건강하던 때로 돌아간 것 같다고 했다.

"아, 지금 안 건강하다는 게 아니고, 옛날에 말이야. 내가 더 어렸을 때."

밤들음은 여전히 밤마다 들려왔고, 필립은 슬슬 공존하는 법을 깨우쳤다. 낮 동안에 하루 치의 힘을 전부 소진한 날, 알바를 오래 하거나, 곡을 쓰느라 진을 뺀 날이면 바로 잠에 곯아떨어질 수 있었다.

그렇지 않은 날에는 필립도 자신의 처지에 수긍하며 밤들음을 받아들였다. 이러나저러나 화려와 낭만이 가득한 아름다운 곡이었다. 언젠가는 필립을 작곡가로, 운이 좋으면 부자 작곡가로 만들어 줄 만했다.

신비한 악곡, 우연이 튼 인연, 막연한 자신감. 이 모든 것들이 다 어디서 왔는지 필립은 알지 못했다. 그래도 그녀는 계속 건반을 두드리고 창작 악보를 쌓았다. 밤들음은 더 이상 그녀의 종착지가 아니었다. 언젠가 반드시 써 낼 테지만, 필립은 그보다 더 멀리 가고 싶었다. 번뜩이는 발상이 떠난 자리에 오래 일군 노력의 결과가 남아 있기를 바랐다. 끝을 보기 위해 늦게나마 이 길에 선 것은 아닐까 생각했다.

운명이 이끄는지, 착각에 빠졌는지 판단하려면 결국 11월의 그날까지 달리는 수밖에 없었다. 날아오는 화살에 쫓기듯, 혹은 어슴푸레한 정답을 뒤쫓듯 아슬아슬하게.

그러다 정신을 차리고 보면 어느새 오디션을 마치고 나오는 자신을 발견하게 되는 법이었다.

"어땠니?"

익숙한 목소리가 음대 건물 입구에서 필립을 맞았다.

12 밤이면 들려오는 음악 (Orchestra Ver.)

𝄞

11월의 그날, 필립은 빠른 걸음으로 음대 건물을 빠져나왔다. 모든 게 끝나 있었다.

"어땠니?" 하고 계단 밑에서 기다리고 있던 교수가 물었다. 그녀는 형평성을 위해 필립이 속한 오전 조 심사에는 참여하지 않았다.

교정의 잔디가 아직 한기를 머금은 시간이었다. 둘은 외투 주머니에 손을 찔러 넣고 캠퍼스의 가장 넓은 길을 따라 걸었다.

"두말할 것 없이 제일 못 쳤죠."

"네가 여태 친 것 중에?"

"아뇨, 오늘 친 사람들 중에요."

"다른 사람들이 어쨌는지는 안 물어봤다. 네가 최선을 다했으면 됐지."

필립은 오디션 자리를 골똘히 되새기다가 입을 뗐다.

"제 딴에는 즐겁게 쳤어요……. 긴장 상태에서 느껴지는 전율 같은 게 있던데. 저 이러다 연주자 되겠다고 설치는 건 아니겠죠?"

"그 와중에 전율을 느꼈어? 네 작품을 공연으로 올리는 기쁨을 알면 너는 좋아서 까무러치겠구나."

"까무러치는 건 작년 한 번으로 족한데요……."

그 말에 교수가 하하 웃었다.

필립은 머뭇거리며 덧붙였다.

"그래도 제 작품으로 공연할 날이 기대되긴 해요. 아니, 기대라는 말은 부족한가? 문득문득 바라요. 작곡을 하기로 마음먹은 날 이후로 저는 그날을 꿈꿔 왔어요."

살다 보면 이루어질 수도, 이루어지지 않을 수도 있다. 모든 꿈이 그렇듯이.

부모님과 친구들은 모두 "이루어질 거야. 넌 할 수 있어."라고 말했지만, 실제로 작곡을 하는 사람이면서 필립의 실력도 알고 있는 교수는 어떨까?

필립은 찬 바람에 부르르 떨면서 외투를 여몄다. 한 발짝 앞서 가는 교수의 어깨가 그날따라 더 초연해 보였다.

교수가 필립과 발걸음을 맞추는 사이 두 마디 정도의 침묵이 흘렀다.

하나 둘 셋 넷, 하나 둘 셋 넷.

교수가 말했다.

"태어나기 전부터 클래식을 듣고, 두세 살에 레슨을 받고, 숨어 있던 악상이 튀어나오고, 피아니스트의 제자가 되고……. 네가 세상 모든 운을 가져서 여기까지 왔대도, 음악은 너를 괴롭게 할 거고 다 관두고 싶은 순간도 올 거야. 그때 관두지 마."

"그럼 제 꿈이 이뤄질까요?"

"아니지. 꿈은 저 위에 달님과 함께 매달아 두는 거고. 인생은 덜 괴롭냐 더 괴롭냐를 따져야 해. 곡을 쓰고 사는 게 네가 덜 괴로울 것 같아서 하는 말이다."

교수는 그 말과 함께 캠퍼스 정문 앞에 멈춰 섰다.

'그래도 싹수가 보이니까 하시는 말이겠지.' 하고 필립은 위안을 얻었다.

'아무한테나 계속 쓰라고 하시진 않을 거야.'

필립은 교수에게 꾸벅 인사하고 정문을 나왔다. 그길로 필립이 이역대학교에 돌아오는 일은 없었다.

결론부터 말해서, 필립은 오디션에 떨어졌다. 하는 김에 다른 학교 두 곳에도 지원을 했길 천만다행이었다. 처음에야 아쉬워서 속이 쓰렸지만 합격한 학생들은 필립보다 몇 배의 시간을 음악에 바쳤을 테고, 오디션 결과가 좋았을 테고, 무엇보다 필립보다 더 좋은 곡을 썼으니 붙지 않았겠냐는 생각이 들었다. 아니, 더 좋은 곡이라기보다는 이역대에 더 어울리는 곡이었을 것이다. 이역대 음대는 정통 클래식과 현대 음악 작곡에 특화되어 있었다. 필립의 포트폴리오는 실용 음악을 주로 가르치는 두 번째 대학교에서 합격점을 받았다.

세 번째 대학교 역시 떨어졌기 때문에 남은 선택지는 없었다. 필립은 두 번째 대학교에 입학해 작곡과 학생이 되었다. 그러고는 수업을 따라가느라 이다음 3년을 쩔쩔맸다. 아무래도 기초가 부족했던 탓이었다. 이역만리에 있는 대학교는 원래 입학보다 졸업이 더 어렵다는 말을 필립은 몸소 체험했다. 한 과목에 낙제를 받고, 재수강을 하고, 점점 낮아지는 학점과 함께 필립은 어찌저찌 졸업 학년이 됐다. 마음속에는 졸업 작품으로 밤들음을 쓰겠다는 일념뿐이었다. '쓸 거야, 쓸 수 있어.'를 반복하면서 잠든 나날이 수없이 쌓였다.

몇 년째 듣다 보니 이제는 거의 외웠고, 차근차근 악보로 옮기는 작업도 순조로웠다. 재미있는 건 한번 악보로 옮긴 구간은 다시 들리지 않는다는 점이었다. 말 그대로 필립이 쓰는 만큼, 밤에 들리는 음악이 짧아졌다. 그렇기 때문에 전체 악보를 완성하고 나면 밤들음 현상 역시 끝나리란 걸 필립은 직감했다.

필립이 3년간 느림보 걸음을 걷는 동안 가장 큰 변화를 겪은 사람은 바익 박사였다. 어느 날 저녁, 필립은 무심코 TV를 켰다가 박사가 등장하는 바람에 입에 든 물을 뿜을 뻔했다.

인터뷰어가 박사에게 '두루'를 개발하게 된 계기에 대해 묻고 있었다. 박사는 안경을 고쳐 쓰면서 어떤 크리스마스 파티 이야기를 늘어놓았다.

"……그 학생 말에 번뜩 떠오르는 게 있었죠. 마침 그 당시 저와 함세화 교수님이 음악과 관련된 공동 연구를 마무리 짓는 단계에 있었고……."

필립은 서둘러 TV를 껐다. 교수의 집에서 종종 보는 얼굴인데도 화면 속 박사를 마주하기가 못내 어색했다. 필립이 몰래 '두루'를 써 볼 계획을 세워 놓아서인지도 몰랐다.

마침내 밤들음의 마지막 장을 완성한 날이었다. 필립은 프로그램의 저장 버튼을 누른 뒤 악보를 처음부터 끝까지 훑어보면서 순전한 행복에 휩싸였다. 언제나 마음 한구석에 깔려 있던 초조함 대신 후련하고 개운한 기분이 밀려 들어와 그 자리를 빵빵하게 채웠다. 이런 만족감은 지금까지 느껴 본 적이 없었다.

그러고는 밤이 돼서 필립이 자려고 누웠는데 글쎄,

사방이 잠잠했고,

아무 소리도 들리지 않았다.

가만히 눈을 감고 기다려도 귀에 닿는 건 희미한 냉장고 소리뿐이었다.

'갔나? 진짜로 사라졌나?'

필립은 벌떡 침대에서 일어났다. 예상은 했지만 몇 년 동안이나 함께했던 밤들음이 이렇게 홀연히 사라지다니 믿을 수 없었다. 환상에 사로잡혔다 깨어난 사람처럼 어안이 벙벙했다.

필립은 얼른 노트북 앞으로 가 밤들음의 악보 파일을 열어서 읽었다. 귀로 듣는 것처럼 생생하진 않았지만 어쨌든 음표를 눈으로 좇으면서 머릿속으로 음악을 떠올릴 수 있었다. 밤들음은 이제 필립의 무의식이 아니라 의식 속에 존재했다. 여차하면 누군가의 손에 연주될 준비가 되어 있었다. 그건 필립 외에도 듣는 사람이 생긴다는 뜻이었고, 필립의 꿈이기도 했고, 그렇지만 아직 해서는 안 되는 일이기도 했다.

'두루' 때문이었다.

13 평범한 필립

𝄞

음악 표절 검사 서비스 '두루'는 필립이 작곡과에 다니는 사이 출시됐다. 토바네 회사와 대형 스트리밍 회사가 협업해서 만들었고, 개발팀의 총 책임자는 키완 바익 박사였다. 이역대학교의 함세화 교수 등이 자문으로 참여했다.

'두루'는 악보 파일을 올리면 그 데이터를 전 세계 수백억 곡과 비교해 유의미하게 겹치는 다른 곡이 있는지 찾아 주었다. 표절이 의심되는 구간을 표시한 다음, 어떤 곡과 얼마나 비슷한지 퍼센티지로 알려 주는 식이었다. 대중음악은 물론이고 클래식, 인디, 전통 음악을 비롯한 모든 장르의 음악을 대조할 수 있었다.

박사와 개발팀이 어떤 노력을 기울여 세계 최대의 음악 데이터베이스를 구축했는지, 또 어떤 원리로 인공지능을 학습시켜 음악 데이터를 분석하게 했는지에 대해 여기서 구구절절 설명할 필요는 없을 것이다. 자세한 내용은 '두루' 홈페이지를 참고

하면 될 테니.

어쨌든 처음 출시된 '두루'는 모든 사람에게 다섯 곡 무료 체험 기회를 제공했다. 음악계가 발칵 뒤집혔음은 두말할 것 없다. 어떤 노래는 지구 반대편에서 10년 전에 나온 똑 닮은 곡이 있다는 사실이 밝혀졌고, 다른 장르의 곡 일부를 허락 없이 베껴 온 사례들이 낱낱이 드러났으며, 언제나 비슷한 곡을 쓰기로 유명한 어느 작곡가는 '유사한 음악'으로 전부 자신의 곡이 제시돼 실소를 자아내기도 했다.

세계 각국에서 표절 논쟁과 소송, 혹은 원만한 합의가 이루어졌다. 어느 음반 회사는 '두루'가 데이터 분석을 위해 자신들의 음원을 무단 이용하고 있다며 소송을 걸기도 했다. 이 재판은 논문 표절 검사 서비스의 선례 덕분에 '두루'의 승소로 끝났다. 이 모든 일이 뉴스에 오르락내리락하면서 '두루'는 엄청난 홍보 효과를 얻었다. 토바는 수직 상승하는 매출 그래프를 보면서 종종 소리 내어 웃었다. 혼자 있을 때도, 회의 중에도.

곡을 발표하기 전에 마지막으로 '두루'를 사용하는 게 당연한 세상이 오고 있었다.

"'두루' 돌려 봐."

"'두루' 확인했어?"

물론 남의 것을 베끼지 않았다면 그다지 필요 없는 순서였다.

하지만 자신이 무의식중에라도 어디서 들은 걸 써 버린 건 아닐까 걱정하는 사람도 있기 마련이었다. 그들은 '두루' 검사로 일말의 불안마저 떨쳐 내고 싶어 했다.

그러니까, 필립이 딱 그런 마음이었다. 더군다나 밤들음은 무의식 속에서 통째로 꺼내 온 8, 9분짜리 관현악곡이었다. 무의식이 필립 몰래 무슨 조화를 부렸는지 어찌 안단 말이야?

"'두루'를 두루 보면 알 수 있지."

그렇게 말하며 필립은 '두루'의 가입 버튼을 눌렀다.

'두루'는 개인 작곡가용, 기업용, 학교용 구독 서비스를 제공했다. 필립의 학교에서는 아직 '두루'를 사용하지 않았기 때문에 필립은 무료 구독으로 밤들음을 확인할 심산이었다.

필립을 말리는 작곡과 동기도 있었다. 그녀는 '두루'의 유사도 퍼센티지 따위가 작곡가들의 상상력을 제한시킨다며 치를 떠는 사람이었다.

"야, 너 표절했어?"

"아니, 그건 아니지만 혹시나 해서……."

"네가 안 했는데 그걸 왜 기계의 확인을 받아야 해? 진짜 이해가 안 가네!"

"마음의 안정을 위한 거지, 뭐."

필립은 허허 웃으며 밤들음을 '두루'의 손에 맡겼다. 검사 결과가 나오기까지는 스물네 시간에서 마흔여덟 시간. 그 기다림 뒤에 찾아온 건 씁쓸한 진실이었다.

유사도 몇 퍼센트부터 표절이다, 라는 뚜렷한 구분은 어디에도 존재하지 않는다. 하지만 필립이 본 숫자가 얼굴이 화르륵 달아오를 만큼 위험한 수치였다는 것만은 밝혀 둔다.

악보 이곳저곳에는 빨간색 표시가 붙어 있었고, 그 표시를 클릭하면 '유사한 음악'의 제목과 저작권자의 이름이 나타났다. 검사 결과를 놓고 보면, 밤들음은 필립이 살면서 들어 온 영화 음악, 클래식, 광고 음악, 민요가 독특한 방식으로 뒤섞인 짬뽕 리믹스 곡이었다.

필립은 빨간색 표시를 하나하나 클릭해 보던 와중에 흥미로운 사실을 맞닥뜨렸다. 사고가 일어난 날에 들었던 교향곡이 '유사한 음악'으로 여러 번 제시되어 있던 것이다. 그냥 듣기에는 전혀 다른 곡 같았는데 '두루'에서는 코드 진행, 악기 구성과 흐름 등이 비슷하다는 의견을 냈다.

필립으로서는 손에 힘이 빠질 정도로 허탈한 결과였다. 큰 성공을 가져다줄 거라 믿었던 황금 열쇠가 사실은 도금이었다니. 꿈을 꾸다 거칠게 깨워진 듯이 얼떨떨했다.

'난 여태껏 뭘 한 거야.'

음악을 배우면서, 들으면서, 쓰면서, 또는 들려주면서 느꼈던 불꽃 같은 기쁨은 전부 착각에 불과했을까? 필립은 여태 썼던 과제곡과 온라인 발표곡들을 몽땅 두루에 돌렸다. 무료 5곡은 진작에 넘겼기에 우선 한 달 구독을 신청했다. 또다시 붉은빛 일색이면 음악을 관둘 각오를 다지면서도, 그렇게는 되지 않기를 간절히 빌면서 뜬눈으로 밤을 지새웠다. 필립은 몇 년 동안이나 자신을 사로잡았던 밤들음을 원망했고, 박사도 조금 원망했고, '두루'의 정확도나 기준을 한껏 의심하다가, 결국에는 살짝 울었다.

다음 날 오후, 검사 결과가 나왔다. 빨간색 표시는 없었다.

시간 속에 쌓아 온 그 악보들이 필립만의 것이라는 얘기였다. 하늘에서 뚝 떨어진 천재성 같은 건 없었고, 평범한 필립이 평범한 악보를 몇 장 썼을 뿐이라는 얘기. 자작곡 중에 밤들음만큼 멋지고 아름다운 곡은 없었지만, 어쨌든 이것들은 필립이 창조해 세상에 존재하게 만든 음악이었다. 시시한 결말인가? 하지만 필립이 정말 바라 온 대로 밤들음을 팔아서 벼락부자가 됐다면 나도 제목을 '순재와 평범한 필립'이 아니라 '순재와 부자가 된 필립' 따위로 지었을 것이다.

어쨌든 필립은 밤들음 없이도 무사히 학교를 졸업했다. 박사는 그 후로도 '두루'의 인기를 등에 업고 업계에 이름을 떨쳤고, 교수가 교수로서 승승장구하는 동안, 건강을 회복한 순재는 다른 대학의 피아노 강사가 됐다. 곡을 쓰는 취미도 이어 갔다.

필립은 이런저런 직장을 떠돌다가 게임 음악을 만드는 사람이 되었다. 박사처럼 부자가 된다든지 유명해진다든지 할 가능성은 낮지만, 음악을 하며 살 수 있다는 것에 그녀는 만족했다. 다른 사람들처럼 일하고 벌고 먹으면서, 삶의 변덕에 맞춰 가면서, 평범한 자기만의 삶을 산다는 작은 기적 같은 일에.

새로운 곡이 어떤 반향도 불러일으키지 않고 그저 무언가의 배경으로만 흘러간대도, 필립의 음악은 세상을 채우는 일부였다. 세상에는 가장 아름다운 단 한 곡만이 존재하지 않는다는 걸, 수없이 많은 노래가 각자의 자리에서 다채롭게 울리고 있다는 사실을, 필립은 기억하면서 계속 곡을 썼다.

그토록 바랐던 교수의 제자는 되지 못했지만 필립은 순재가 가장 아끼는 제자였다. 작품이 무대에서 연주되는 날은 결국 오지 않았지만, 수십, 수백만 명의 사람들이 필립이 만든 음악을 들었다.

어쩌면, 여러분도 그중 하나일지 모른다.

14 모르골 (Reprise)

𝄞

눈물은 언제나 순재의 것이었다. 과장이 아니라 정말로 그는 잘 울었다. 음악을 듣다가 가슴이 벅차면 눈물 한 줄기를 죽 흘렸고, 젊은 시절에는 두 뺨을 적신 채로 피아노 연습을 할 때도 있었다. 그 눈물을 본 필립이 언젠가 자기가 쓴 음악에도 누군가 울어 줄까 궁금해했는데, 그 누군가는 금방 순재가 됐다. 필립의 첫 게임 OST를 들었을 때, 순재는 가만히 앉아서 눈물을 글썽였다. 민망한 필립이 "아니에요, 선생님. 그 정돈 아니에요." 하자 순재는 "듣는 내가 울겠다는데 네가 왜 그러니?" 하고 빙긋 웃었다.

순재의 병이 재발한 건 그로부터 몇 년이 흐른 후였다. 할 수 있는 치료를 전부 한 뒤에, 순재와 세화가 어떤 무거운 시간을 보낸 뒤에, 키완은 순재의 부고를 받았다.

"야, 그 친구 오래도 살았다." 하고 키완은 중얼거리면서 눈물

젖은 얼굴을 가렸다.

"걔 팔자에 진짜 장수한 거거든!"

손바닥 밑으로 뜨끈한 눈물이 뚝뚝 흘렀다. "아!" 하고 신음 같은 외침이 터져 나왔다.

그날 이후로 평생을, 조마조마하며 마음의 준비를 해 왔다. 그날이라는 건 그러니까 순재가 운명을 비틀어 살아 버린 날. 하지만 어떤 날이었대도 키완은 준비되지 못했을 테다.

장례식은 지역 묘지공원 안에 위치한 작은 예배당에서 치러졌다. 반구형의 지붕이 높게 솟았고 여러 개의 창에 비낀 햇살이 내부를 그득하게 채우는 따사로운 공간이었다. 그 안에 순재를 사랑했던 사람들이 빼곡하게 앉았다. 순재가 그동안 흘려 온 눈물에 화답하듯이, 그들은 순재를 금세 그리워하며 숨죽여 울었다. 그 사이에는 아카샤 옆에 앉아 눈시울을 붉히는 필립도 있었다.

장례가 끝나고 조문객이 모두 떠난 뒤, 키완은 세화와 함께 주차장까지 걸었다. 은재네 가족이 둘의 뒤를 따랐다. 다들 무거운 걸음을 억지로 떼느라 입을 다문 채였다.

차에 다다랐을 때 세화가 조용히 키완에게 말했다.

"줄 게 있어."

"나한테? 뭔데?"

세화가 트렁크에서 신발 상자를 꺼내 키완에게 건넸다.

"원래 네 거니까 돌려줘야지."

한 손에 가볍게 들리는 걸 보니 신발이 아닌 다른 게 들어 있는 듯했다. 뚜껑 위에는 '키완에게 줄 것'이라는 글씨가 흘림체로 쓰여 있었다.

"내 거라고……."

뚜껑을 들춰 보며 키완이 중얼거렸다.

"한 번도 그렇게 생각한 적 없는데."

주인이 명백한 물건이었다. 오히려 순재의 곁에 남아야 마땅했다. 그를 위해 만들어졌고, 그에게 보내졌고, 그가 아끼지 않았나.

"잘 갖고 있다가 순재한테 다시 보내 줘도 돼."

"그거 좋네."

키완이 희미한 미소를 지어 보였다.

상자 안에는 오르골이 덩그러니 놓여 있었다. 키완이 꺼내서 뚜껑을 열자 오르골 안의 작은 피아노와 앞에 앉은 조그만 사람이 원을 그리며 돌기 시작했다. 귀에 익은 음악이 함께 흘러나왔다.

그건 세화가 어린 시절의 가족이었던 강아지를 떠올리며 작곡한 피아노 독주곡이었다. 세화답지 않은 감성적인 제목을 붙여서 순재에게 선물했다는 뒷이야기를 키완도 익히 들은 바 있었다.

세화가 곡을 완성한 과거의 그날, 그 순간에, 노래 하나가 세상에 태어나 존재하기 시작했다. 말도 안 되는 일이지만 오르골에서 마침내 소리가 나기 시작한 것도 바로 그때부터였다. 순재는 곡을 선물받고 한참 만에 오르골을 열어 봤다가, 이 앙증맞은 소품곡의 멜로디가 흘러나오자 깜짝 놀랐다.

"아, 이 곡이었구나!"

20년 가까이 아무 소리도 나지 않던 오르골이었다. 세화는 자기 작품이 이런 귀한 오르골에 담겨 영광이라며 너스레를 놓았다.

"키완은 왜 하필 이 곡을 골랐을까?"

순재는 궁금해했다. 순재가 사랑한 온갖 클래식 음악과 세화가 순재를 위해 쓴 다른 독주곡들을 제치고, 하필 이 곡을 오르골에 담은 이유를.

"그리웠던 거 아니야?"

그리운 마음에 그 곡을 썼던 세화가 답했다.

"아……. 그때는 내가 없나 보네."

바뀐 미래의 노박사가 오르골을 만들어 과거로 보낼 때는, 자신이 그 자리에 함께 있지 않으리란 걸 순재는 어렴풋이 짐작했다. 그렇다고 추가로 주어진 날들을 덜 아끼게 된 건 아니었다. 마음이 아플 때든, 몸이 아플 때든, 모든 굴곡을 넘어 결국에는 순재가 담담해지기까지, 그는 내일을 기대하는 마음을 품었다. 그건 그가 세화로부터, 키완과 은재와 필립과 그 밖의 마음 따듯한 친구들로부터 받은 마음이었다.

순재가 피아니스트로서 마지막 독주회를 열었을 때, 그에게 눈을 감고 외울 만큼 친숙한 얼굴들이 앞좌석을 채웠다. 순재는 마지막 앙코르로 오르골에 든 그 곡을 쳤다. 그러고는 무대를 영영 떠났다. 그에게는 완벽한 작별 인사였다.

그날 키완은 아주 오랜만에 아버지의 두꺼운 뿔테 안경을 썼다. 대기실 복도에서 마주친 순재가 그 낯익은, 그러나 이제는 키완에게 꼭 맞는 안경을 알아보고 탄성을 질렀다. 아쉽지 않냐고 키완이 물으니 살면서 가장 행복한 무대였다고 순재는 대답했다.

그 애의 눈물 젖은 웃음을, 키완은 기억해 두었다가 오랜 시간 후에 제 얼굴에도 띄우게 될 테다. 마지막까지 붙들고 있던 마음 한 조각을 털어 보내면서.

*우리*가 결코 서로의 전부는 아니었지만 서로를 완전하게 하는 일부였음을 기억하면서.

안녕, 순재야. 안녕.

〈삶은 네가 있어 완전했었고〉…….

순재와 평범한 필립

© 2025 오하림

초판인쇄 2025년 5월 2일 | 초판발행 2025년 5월 16일
글쓴이 오하림 | 책임편집 원선화 김지수 | 편집 이한얼 이복희 | 디자인 김성령
마케팅 정민호 서지화 한민아 이민경 왕지경 정유진 정경주 김수인 김혜원 김예진 나현후 이서진
브랜딩 함유지 박민재 이송이 김희숙 박다솔 조다현 김하연 이준희
저작권 박지영 형소진 오서영
제작 강신은 김동욱 이순호 | 제작처 영신사
펴낸곳 (주)문학동네 | 펴낸이 김소영 | 출판등록 1993년 10월 22일 제2003-000045호
주소 10881 경기도 파주시 회동길 210 | 전자우편 kids@munhak.com
홈페이지 www.munhak.com | 카페 cafe.naver.com/mhdn
북클럽 bookclubmunhak.com | 트위터 @kidsmunhak | 인스타그램 @kidsmunhak
대표전화 (031)955-8888 팩스 (031)955-8855
ISBN 979-11-416-1020-3 03810

잘못된 책은 구입하신 서점에서 교환해 드립니다. 기타 교환 문의: (031)955-2661, 3580